KB061327

마르타의 일

박서련 장편소설

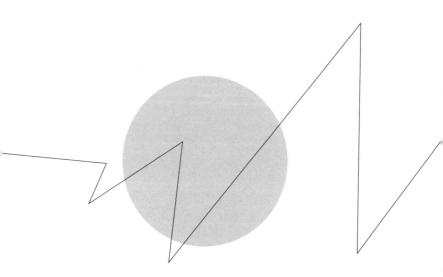

마르타의 일

한겨레출판

주께서 대답하여 이르시되
마르다야 마르다야 네가 많은 일로 염려하고 근심하나
몇 가지만 하든지 혹은 한 가지만이라도 족하니라
마리아는 이 좋은 편을 택하였으니
빼앗기지 아니하리라 하시니라

누가복음 10:41-42

차례

경아

무슨 상관이야.

너나 잘해.

답장은 오지 않았다. 확인도 하지 않은 모양이었다. 경찰한테서 전화를 받고 나서 메시지 탭을 다시 열어보니 그랬다. 10시 59분에 보낸 메시지 두 개에 나란히 미확인 표시가 남아 있었다.

마지막 통화 기록이 나여서 내게 제일 먼저 연락했다고 경찰은 말했다. 자연스레 나머지 가족들에게 말하는 것은 내 몫이 되었다.

"엄마."

뭘 하는 중이었는지, 엄마는 첫 통화 연결음이 시작되자마자 전화를 받았다. 웬일이냐는 말에 잠깐 생각할 시간을 가진 다음, 입을 열었다.

"경아가 병원에 있대."

눈물이 날 것 같기도 하고 아닌 것 같기도 했다. 아침 첫 소변을 보려고 앉았는데 배 아래 묵직한 느낌만 들고 아무것도 나오지 않을 때처럼. 목 가운데에 뭐가 걸린 것처럼 당기고 아프기는 한데 이상하게 눈물이 나지 않았다. 수화기 너머 엄마가 울기 시작하자 곧 목의 아픔도 가라앉았다.

"일단 병원에서 만나자. 나도 지금 출발할게."

엄마. 엄마. 엄마. 아무리 불러도 엄마가 진정하지 않아서 그냥 끊었다. 경찰이 알려준 병원 주소를 찍어 엄마에게 보냈다. 아빠한테는 엄마가 전해달라는 말을 덧붙여.

가족이 다 모이는 건 거의 3개월 만의 일이었다. 아르바이트를 시작하기 전에는 빨래를 2주 치씩 모아 집에 가곤 했다. 아르바이트를 한다고 하면 생활비를 줄일 게 뻔해서 부모님께는 말하지 않았고, 아르바이트비 덕에 코인세탁방에서 빨래할 여유가 생겼고, 그래서 집에는 가지 않게 되었다. 생각난 김에 매니저에게 내일 출근하기 어려울 수도 있다는 메시지를 보냈다. 전화가 왔다.

"자매면 방계가족인가? 회사에서 이틀까지는 유급휴가로 쳐줄 거야."

"제 동생 아직 안 죽었는데요."

지하철 소음 때문에 목소리가 크게 나갔다. 주변에 사람이 없어 눈치를 볼 필요도 없었다. 미안하다는 말을 듣고 전화를 끊었다.

병원까지 멀지는 않았지만 시간상 환승 구간에서 막차를 못 탈지도 모른다는 생각이 들었다. 핸드폰 배터리는 10퍼센트 조금 넘게 남아 있었지만 오래된 물건이라 언제 꺼질지 몰랐다. 어떡하지, 하다가 환승역에 닿았다. 병원에 도착해서 보니 핸드폰도 아직 꺼지지 않은 채였다. 도리어 기운이 쭉 빠졌다.

응급실 입구에서 엄마와 마주쳤다.

"아빠는?"

"주차하러."

엄마는 짤막하게 대꾸했다. 얼굴에 눈물 자국이 뚜렷했지만 어찌어찌 버티고 있는 듯이 보였다. 잘 걷던 엄마가 경아의 침대 앞에서 나동그라졌다. 안내해주던 간호사가 급하게 엄마의 팔꿈치를 잡았다.

경아의 얼굴은 이미 흰 천으로 가려져 있었다.

급하게 눈물이 고이더니 후드득 떨어졌다. 눈물을 닦을 생각도 못 하고 못 박힌 듯 서 있는데 뒤에서 누가 어깨를 밀치며 앞으로 튀어나왔다. 아빠였다. 우당탕 소리를 내며 들어와서는 짐승처럼 울부짖었다. 침대 아래와 옆 가드를 하나씩 쥐고 우는 엄마 아빠를 내려다보는 사이 눈물이 그쳤다.

누워 있는 게 나였어도 엄마 아빠는 이렇게 울었을까?

동생의 시체 앞에서 이런 생각을 하는 게 자연스러운 일은 아닐지도 모르지만 이미 떠오른 생각을 지우기는 어려웠다. 아마 아닐 거라는 확신이 들었다. 그렇지만 경아는 울었을 것이다. 너무 심하게 울어서 자기도 쓰러져 옆 침대를 차지하고 말았을 것이다.

얼굴이 가려진 채 누워 있는 게 경아가 아니고 나였다면.

매니저에게 전화가 왔다. 내일 오픈 출근이 가능한지 묻는 전화였다. 그건 경아가 아직 살아 있는지를 묻는 것과 다를 바가 없다.

"이틀 휴가 낼게요."

매니저는 잠시 말이 없었다.

"어쩌다가 그랬대?"

상관없는 사람이 사정을 묻는 건 달갑지 않았다. 그게 진심 어린 걱정이라도 변할 건 없었다.

경아

"아직 잘 몰라요."

내 대답에 매니저는 한숨을 푹 내쉬었다. 매니저도 막 매장 마감하고 퇴근한 참일 거라는 데에 생각이 미쳤다.

"내일 오픈 타임, 지금 대타 구하기 어렵겠죠? 정 안 되면 제가 잠깐 갔다 오든지요."

말은 이렇게 했어도 내키지는 않았다. 일이 이렇게 된 마당이라도 엄마 아빠한테 아르바이트를 들키면 득 될 것이 없었다.

"됐어, 내가 할게."

매니저는 유급휴가에 이어서 병가도 내는 편이 좋을 거라고 덧붙이곤 전화를 끊었다.

응급실로 돌아가보니 상조회사 사람이 나와 있었다. 이렇게나 빨리? 싶기도 했지만 치러야 할 일이라면 빨리 해치우는 게 낫다는 생각도 들었다. 엄마와 아빠는 울거나 화를 내느라 대답이 느렸다. 상조회사 사람을 대신해 내가 엄마 아빠를 재촉했다.

그다음은 경찰이었다. 엄마 아빠가 상조회사 직원과 마저 이야기하는 동안 경찰한테서 경아의 유류품을 인도받았다. 평소 쓰던 핸드폰 하나가 전부였다. 경아 지인들에게 부고를 전하고 다시 돌려주면 된다고 했다. 물건을 받아 들고,

고개를 끄덕이는 등의 기계적인 동작은 가능했지만 온몸의 신경이 마비된 것 같은 느낌이었다. 코감기로 하염없이 코를 풀고 나면 기압 차 때문에 먹먹해지는 귓속 같은 감각. 말하자면 온몸이 그런 기압 차를 겪고 있는 것 같았다.

응급실 옆이 장례식장이라는 사실이 굉장한 무례로 느껴졌다. 편한 것과는 별개로 그랬다. 경아의 죽은 몸이 수습되는 동안 식장이 갖추어졌다. 나는 걸어서 옆 동 지하층으로 내려가기만 하면 됐다. 겉에 껴입을 상복, 아빠 소매에 낄 삼베 완장, 하다못해 머리망이며 삼베 리본이 달린 실핀까지 모든 것이 거기에 준비되어 있었다. 경아가 죽기를, 거기에서 누군가, 여태 기다려온 게 아닐까 싶을 만큼, 없는 것이 없었다.

첫날이고 시간이 늦어서 조문객은 거의 찾아오지 않았다.

장례식에 유가족으로 참석하는 것은 처음이 아니다. 그래서 알고 있다. 고인에 대한 마음과는 별개로 감정적 소강 상태가 찾아온다. 당혹스러울 만큼 무감한 상태로 나는 자리를 지키고 있었다. 이 자리가 경아의 장례식장이라는 사실을 실감하지 못해서인지, 친척들과 부모님이 늘 말해오던 것처럼 내가 정이 많은 사람이 아니어서인지 잘 구분되지 않았다.

정이라면, 경아가 참 정이 많았다. 눈물도 많고 웃음도 많고 정도 많았다. 나한테 없는 게 다 그 애에게 있었다.

갑자기 주머니에서 부르르 진동이 돋았다. 급히 꺼내봤지만 내 것이 아니었다. 내 핸드폰은 3퍼센트의 배터리 잔량을 유지한 채로 아무 알림도 띄우지 않았다. 울린 것은 경아의 것이었다.

부재중 전화였다. 이준서. 입으로 여러 번 이름을 되뇌었다. 이준서. 이준서. 들어본 듯도 하고 그저 흔한 이름이라 착각이 드는 듯도 했다. 짧게 울리다 끊어진 것이 이상했다. 이 사람은 경아가 죽은 것을 알고 있을까.

불현듯 어떤 예감이 머리를 스쳤다.

내게 경아의 핸드폰을 건네준 경찰은 어차피 이 건을 살인으로 보지 않는다고 했다. 사람이 죽었고, 신고를 받았기 때문에 경위를 기록하는 것이 의무라고 했다. 나름대로 주변 조사를 벌이긴 하겠지만 결국 자살로 결론이 날 것이라고 했다. 그래서 중요한 증거품이 될 수도 있는 핸드폰을 가족에게 잠시 '빌려주는' 것이라고 했다.

그렇지만 경아는 자살 같은 걸 할 만한 사람이 아니었다. 경아의 죽음이 자살일 리 없었다. 그 사실을 경찰에게 납득시켜야 했다. 정황상 자살로 보이더라도 경아는 자살 같은 걸 할 만한 사람이 아니었다는 것. 유족으로서 억지를 부리는 게 아니고, 걔는 정말 그럴 사람이 아니었다는 것을 증명해야 했다.

그렇지만, 그러면, 경아의 핸드폰은 중요한 증거품으로 분류될 것이고, 다시 돌려받지 못할지도 모른다. 자살이 아니면 사고사나 타살이니까. 만일 타살이라면 형사사건이 될 테니까.

생각이 여기에 이르자 조바심이 나기 시작했다.

병원 앞 대로변에 택시가 줄을 서서 대기하고 있었다. 너무 울어서 넋이 나간 엄마, 담배를 피운다며 10분 간격으로 자리를 비우는 아빠를 따돌리는 건 어렵지 않았다. 계좌에 잔고가 얼마나 남아 있었더라. 생각을 뒤로하고 일단 달려가서 택시에 탔다. 졸고 있던 택시 기사가 흠칫 놀라는 기색이 느껴졌다. 룸미러에 비친 나는 아직 삼베 치마저고리를 입고 있었다. 멀리 나가는 것처럼 보이지 않으려고 상복을 벗지 않은 탓이었다.

"노량진이요. 빨리요. 최대한 빨리요."

응급병동 간판의 붉은빛이 차창을 뚫고 들어와 목덜미를 쓰다듬는 것이 느껴졌다.

경아

리아

3년 전, 경아는 개명했다. 개명 신청 사유는 이름의 한자 뜻이 본인의 운수와 맞지 않는 듯하여 운이 트일 만한 다른 이름을 쓰고 싶어서, 라고 했던가. 나는 신청이 반려될 가능성이 크다고 경고했다. 다소 촌스러운 이름을 세련되고 예쁜 이름으로 바꾸고 싶다고 솔직하게 쓰는 편이 도움이 될 거라고.

내 예상과는 다르게 가정법원은 선선히 경아의 청을 들어주었다. 경비는 2만 원, 기간은 한두 달 정도 걸렸다. 그렇게 얻은 경아의 새 이름은 리아였다. 임리아. 나중에 듣자하니 개명신청권은 국민의 행복추구권에 해당하기 때문에 범죄 등에 악용하려는 여지가 없는 한 허용되는 게 보통이었다. 개명 신청이 반려되는 경우는 전체의 10퍼센트가 못되었다. 늘 운이 좋은 편이었던 경아가 무려 90퍼센트 안에 못 들 이유는 없었다.

　행복추구권이라더니, 경아는 이제야 언니처럼 예쁜 이름이 되었다고 정말 행복해했다. 솔직히 말하면 나는 좀 심술이 났다. 이름만 두고 보았을 때 수아랑 경아, 라고 하면 수아가 조금 더 괜찮은 애일 것 같겠지 하는 내심, 그러니까 이름으로라도 경아보다는 내가 낫지 하는 마음이, 그동안은 있었다. 너무 유치하고 같잖은 생각이라 아무한테도 말하지 못했지만, 나와 경아를 둘 다 아는 사람이라면 누구라도 나의 이런 속내를 어느 정도는 눈치채고 있었을 것이다.

　일이 이렇게 된 마당에 다시 생각해보면 경아는 역시 계속 그대로 경아인 편이 좋았을 것이다. 달을 다 못 채우고 약하게 태어난 아기에게 이름도 못 붙이고 다들 발을 동동 구를 때, 돌아가신 할아버지가 작명소에서 받아 온 이름이라고 했다. 그러니까 경아는 개명 신청을 할 때 완전히 제 입장과는 반대되는 말을 한 것이다. 건강하고 복되라고 지은 이름을 버린 것이니까. 돌이켜 생각하면 웃음이 날 일이지만.

　정말 웃을 수 있을까? 나중에 다시 이 일을 생각하다 보면 정말 웃음이 나올까?

개명 전부터도 경아는 리아라는 닉네임과 아이디를 썼다. IMRIAH 아니면 IM_RIAH, 여기에 생년월일 또는 가입하려는 사이트에서 임의로 부여한 숫자를 조합하는 식으로 아이디를 만들었다. 계획만 세우고 함께 가지는 못했던 해외여행을 실제로 떠났더라면, 입국 심사장에서 경아와 나는 자매로 생각되지 못했을 것이다. 여권상 내 성은 LIM으로, 경아의 성은 IM으로 되어 있으니까.

허겁지겁 방으로 뛰어들어와 핸드폰 케이블을 뽑았다. 작은 소란 탓에 옆방이 아, 뭐야 하고 투덜거리는 소리가 들렸다. 하여튼 미친년, 절대 새벽 3시 전에 자는 꼴을 못봐. 그보다는 경아의 핸드폰 기종에 내가 가지고 있는 케이블이 맞지 않는 것이 문제였다.

일단 노트북에 핸드폰 백업 펌웨어 다운로드를 걸어놓고 급한 대로 고시텔 밑 편의점에서 경아의 것에 맞는 케이블을 샀다. 방으로 돌아와 핸드폰과 노트북을 연결하자 핸드폰 액정에 "작업이 종료될 때까지 기기를 조작하지 마십시오"라는 안내 문구가 떴다. 잠시 할 것이 없어서 내 핸드폰을 꺼냈는데 꺼져 있었다. 충전기를 물려두고 노트북 앞에 다시 앉았다. 백업 진행률은 3%. 퍼센티지가 한 칸 올라가는 데에 1분 가까이 걸렸다. 더럽게 느리네. 경아 핸드폰 데이터가 많은 거야, 내 노트북이 후진 거야? 아마 둘 다겠지. 답답했지만 대안은 없었다. 백업 자체가 쓸모없는 짓일지도 모른다는 생각도 불현듯 들었지만 안 해두고 나중에 후회하는 것보다는 나을 듯싶었다.

백업이 완료될 때까지 두 시간가량 걸린다고 칠 때, 그 사이 부모님한테 연락이 올 가능성이 얼마나 될까. 백업 진행 퍼센티지와 함께 상승할 확률이었다. 그렇다면 연락을 받는 것이 좋을까, 그렇지 않을까. 고민하는 사이 내 핸드폰 액정이 밝아지는 것이 보였다. 아직 아무 연락이 오지 않은 것을 확인하고 바로 전원을 껐다.

백업 진행률 9%. 갑작스럽게 피로가 몰려왔다. 탁상 캘린더에 빼곡한 메모들, 빨간색 마커로 하루하루 그려놓은 큼직한 가위표가 눈에 들어왔다. 어제 자 칸에는 가위표를 그려 넣는 대신 경아의 이름을 써야겠다는 생각을 했다. 당장 그럴 기운은 나지 않아서 생각만 했다.

13%. 생각한 것보다는 빠른 진행이었다. 숫자가 올라가는 속도가 일정하지 않았다. 어떤 구간에서는 가파르게 올라가다가 좀 눈여겨보려 하면 도로 느려지는 듯한 느낌이 들었다.

이럴 게 아니라 교육학이라도 볼까, 하고 책장으로 시선을 옮겼다가 아예 눈을 감아버렸다. 그렇게 시간이 아깝고 자신이 없었다면 아르바이트를 구하지도 않았을 것이다. 나는 정확히 내가 할 수 있는 만큼 나를 믿었다. 다들 무리하는 거 아니냐고 했지만, 내가 커버할 수 있다고 판단했으니까 하기로 한 것이다. 다들, 이라고 해봐야 경아와 카페 매니저가 전부지만.

30%.

애초에 아르바이트를 구할 때 경아를 의식하지 않았다면 거짓말일 것이다.

경아가 수재 타입이었다고 하기는 어렵다. 소위 과탑이 되고, 교내 장학금을 받고, 이런 일들은 경아보다는 내 몫에 가까운 일이었다. 실제로 수석 장학금을 탄 것은 8학기 중 단 한 번, 그것도 1학년 1학기 때 일이었지만, 부모님이나 주변 어른들이 역시 공부 머리는 경아보다 수아, 라는 식으로 추어주는 것이 썩 싫지 않았다.

경아는 봉사왕 타이틀을 가지고 자기주도형 인재 전형으로 대학에 진학했고, 대기업에서 진행하는 대학생 기자단이며 체험단을 휩쓸었다. 학년이 올라가면서는 입사 시 가산점이 부여되는 공모전에서도 척척 상을 타기 시작했다. 가끔 만나면 언니 나 너무 바빠, 하며 우는 시늉을 했지만 늘 환하고 생기가 넘치는 얼굴이었다.

42%. 그런 애가 자살이라니 말도 안 되지.

노트북 뒤편에 있던 핀 쿠션을 꺼내 가볍게 쥐고 한가운데에 거꾸로 박아둔 길고 가는 바늘 끝으로 손끝을 자극하기 시작했다. 카운트 올라가는 것만 멍하니 보고 있자니 없던 불면증도 나을 것 같았다.

나는 경아가 못하는 걸 하고 싶었다. 무엇이든 열심이지만 애석하게도 공부 머리는 좀 떨어지는 경아가, 아르바이트와 임용고시 준비를 병행하는 언니를 대단하게 생각하기를 바랐다. 경아는 내가 기대한 반응, 그러니까 감탄이나 칭찬 같은 것보다는 걱정을 앞세웠다. 정말 괜찮겠어 언니? 너무 무리하지 마 언니. 나 너무 걱정돼 언니. 김새는 일이었다. 야, 됐어. 엄마한테 말하지나 마.

51%.

핸드폰을 꺼둬서 정확하게 확인하긴 어렵겠지만 경아와의 마지막 대화도 이와 비슷한 맥락이었다. 뭐라고 했더라?

59%.

경아가 마지막으로 보낸 메시지는 상당한 장문이었다.

근무 중이던 내가 전화를 받지 못해서였을 것이다.

62%.

다른 사람이라면 그게 바로 자살의 전조라고 여길 법하지만 경아가 나에게 긴 메시지를 보내는 것은 그리 드문 일이 아니었다. 정확히는, 긴 메시지를 나에게만 보내는 것도 아니었다. 경아는 가끔, 시쳇말로 '삘 받으면', '자기 사람'들한테 기나긴 메시지를 전송하곤 했다. 지가 보내놓고 지가 캡처해서 어디 올릴 때도 가끔 있었다.

갑자기 데이터 수신 속도가 빨라졌다. 78%.

확인해보기 전에는 모를 일이지만 핸드폰을 건네준 경찰의 어조를 떠올려보면 경아가 마지막으로, 통화를 시도하고, 장문의 메시지를 보낸 사람은 나뿐인 것 같았다. 경아가 나를 각별하게 생각하는 편이긴 했다. 다른 사람들에 비해 나를 더 아꼈는지는 모르겠지만, 내가 경아를 생각하는 마음보다 경아가 나를 생각하는 마음이 더 큰 건 확실했다.

81%. 물 흐르듯 바뀌던 숫자가 다시 뚝뚝 끊어지기 시작했다.

그게 불길한 의미일까?

"아!"

오른손 엄지에 핏방울이 맺혔다. 무심코 핀 쿠션을 힘

주어 누른 탓이었다. 옆방에서 퉁퉁 소리가 났다. 주먹으로 벽을 두드리는 소리였다. 물티슈, 겨우 그저께 산 물티슈가 대체 어디 있는지 눈에 띄질 않았다. 피가 줄줄 흐를 만큼 깊이 찔린 것 같지는 않아서 급한 대로 입에 물고 습관대로 모니터를 보았다. 그사이 백업이 끝나 있었다.

택시에 올라서야 상복 치마 무르팍에도 좁쌀만 한 핏자국이 나 있는 걸 알았다. 차 안이 어두워서 잘못 본 줄 알고 핸드폰 액정으로 비추어 보면서 무릎을 벅벅 문질러보았지만 핏자국이 확실했다. 에이씨, 하는데 갑자기 손에 쥐고 있던 핸드폰이 울렸다. 경아 것이었다. 다이렉트 메시지가 왔다는 알림이었다. 열어보니 임리아, 라는 궁서체 글씨가 선명하게 찍힌 사진이 나왔다. 빈소 현황 스크린을 찍은 것이었다.

이때를 기다렸다는 듯 내 핸드폰도 미친 듯이 울리기 시작했다. 엄마한테서 걸려온 전화였다.

"가는 길이야."

엄마가 송화구를 향해 내쉰 한숨이 귀에 쿡 박혔다. 뭐라 긴 지청구를 늘어놓기 전에 입을 막아야 했다.

"가서 얘기해."

엄마는 말도 없이 전화를 끊었다.

경아 핸드폰을 다시 들었다. 메시지가 더 올지도 모른다는 생각에서였지만 도착할 때까지 아무 연락도 오지 않았다.

막상 가보니 아빠밖에 없었다. 몇 보 떨어져 있는데도 담배 쩐 내를 확실히 맡을 수 있었다. 엄마는 어디 갔냐고 물으니 휴게실에 있다고 했다. 빈소 안쪽에 딸린 쪽방을 휴게실이라고 부르는 모양이었다.

"너도 좀 쉬지 그러니."

아빠가 수염 자란 턱을 괜스레 문지르면서 말했다. 어디 갔다 왔냐고 묻지도 않았다. 두어 시간 내가 자리를 비웠다는 사실을 아빠는 눈치나 챘을까?

"손님 더 다녀가지 않았어?"

아빠는 고개를 저었다.

사진은 빈소 앞에서 찍은 것이었고, 구도상 아빠는 파티션에 가려 보이지 않았다.

경아에게 경아 장례식장 사진을 보내는 사람은 누구이며, 그 행동의 의도는 무엇일까.

최대한 긍정적으로 해석하자면 경아를 아는 누군가가 문상을 온 것으로 볼 수 있지만, 아무래도 좋은 쪽으로만 생각되지는 않았다. 일단 어떤 사람이 경아'를' 안다는 것이, 경아와 그 사람이 서로 안다는 뜻은 아니니까. 문자메시지나 핸드폰 연락처를 기반으로 구동되는 메신저 대신 SNS 다이렉트 메시지로 연락을 취한 것이 이상했다. 보낸 사람의 프로필 사진은 가입한 후 한 번도 바꾼 적 없는 기본 이미지로 되어 있었고 이전에 메시지를 주고받은 흔적도 없었다. 보낸 사람 아이디를 터치했더니 게시물이 하나도 없는 빈 페이지가 나왔다.

내가 정체를 파악할 수 없다고 해서 경아가 이 사람을 몰랐을 거라고 단정 지을 수는 없다. 경아가 아는 사람인데 익명 계정을 이용해서 메시지를 보내왔을 가능성을 배제할 수는 없었다.

다시. 처음부터. 경아와 상호 면식이 있는 사람이 한 일인지는 나중에 생각하기로 하고, 다시.

경아의 장례식장 사진을 찍었다는 것은 경아가 더 이상 메시지를 확인할 수 없다는 사실을 알고 있다는 뜻인데, 굳이 그런 경아에게 사진을 보낸 이유는?

바로 지금 경아의 핸드폰을 가지고 있는 사람에게 말을 걸기 위함이겠지. 당연히.

이 간단한 걸 생각해내는 데 왜 이렇게 오래 걸렸을까. 문득 오한이 느껴졌다. 거친 삼베 소매를 썩썩 소리 나게 쓸면서 빈소 바깥을 내다보았다. 경아 핸드폰을 가지고 있는 '누군가'에게 말을 걸려고 한 것일까, 아니면 핸드폰을 가지고 있는 사람이 나라는 사실을 정확히 인지하고 메시지를 보낸 것일까.

여기서부터 다시 경아와 익명 계정의 관계를 생각해볼 필요가 있었다. 미친 스토커의 짓인지, 경아가 믿을 수 있는 사람의 일인지, 최소한의 단서를 가지고 가능한 신속하게 답을 구해야 했다. 생각은 아주 빠르게 나쁜 방향으로 가지를 뻗어갔다.

경아가 자살한 게 아니라면, 어쩌면, 이 사람이 경아를 죽였을지도 몰라.

앉지도 못한 채 경아의 핸드폰을 계속 봤다. 다이렉트 메시지 탭과 게시글 피드 탭을 오가는 동안에 점점 더 확실해진 것은, 경아는 내가 알던 것보다 훨씬 유명하다는 사실이었다. 팔로어는 K 단위였고 아이디에는 푸른색 별 모양 아이콘이 붙어 있었다. 임리아 사칭이나 팬 계정이 아니라 본인이 직접 사용하는 계정이라는 의미에서 공식적으로 부여되는 것이었다. 다이렉트 메시지 탭에는 확인되지 않은 메시지가 잔뜩 쌓여 있었다. 새벽인데 방금 온 메시지도 꽤 있었다. 그 많은 메시지들의 알림이 일일이 뜨지 않은 것은 팔로우하지 않는 사용자의 메시지라서였다.

경아는 장례식장 사진을 보내온 익명 계정을 이미 팔로우하고 있었던 것이다.

조금이나마 마음이 놓였다.

벽을 짚고 천천히 앉아서 경아의 페이지를 계속 보았다. 사진 속의 경아는 머리가 짧아졌다가 길어졌다가 했고 화장이며 옷 색깔, 사진의 배경도 모두 달랐지만 표정은 한결같이 밝았다. 그대로 말을 걸어올 것처럼 생기가 넘쳤다. 게시물 절반가량은 동영상이어서 육성도 얼마든지 들을 수 있었다.

스크롤을 한껏 밀어 올려 경아가 해외 봉사활동을 다녀오던 즈음까지 내려갔을 때 익명 계정으로부터 또 다른 메시지가 왔다.

경아 자살한 거 아닙니다

내 생각과 같았지만 반가운 말은 아니었다. 가까스로 마음을 다잡고 답장을 썼다. 뭐라고 하면 좋을지 고민하며 썼다 지우기를 반복하다가 가장 궁금한 걸 물어보기로 했다.

누구세요?

경아 친군데 경아 정말 자살한 거 아닙니다

익명은 즉각 답장을 보내왔다. 경아를 경아라고 부르는

점을 보아 친구라는 말은 믿을 수 있을 것 같았지만 미심쩍은 느낌은 여전했다.

불현듯 아까 경아의 핸드폰에서 본 이름이 떠올랐다.

혹시 이준서 씨인가요?

익명은 짧게 답했다.

아닙니다

이준서가 아니라면 누구지. 경아가 자살한 게 아니라는 걸 이토록 강조하는 이유는 뭐지. 절대로 자살한 게 아니라면 범인은 대체 누구지.

조금 강한 어조로 답장을 보내보기로 했다.

자살이 아닌 건 어떻게 아시죠 옆에서 보셨어요?

경아가 자살한 게 아니라고 믿고 싶은 것은 나도 마찬가지였다. 하지만 그렇게 믿고 싶은 것과 그렇다고 확신하는 것은 다른 차원의 이야기가 아닌가. 경아가 자살한 게 아니라고 확언할 만한 요소는, 지금으로서는 없는 것처럼 보였다. 익명 프로필 사진 옆으로 말줄임표 애니메이션이 떠올랐다. 상대방이 메시지를 입력하고 있다는 의미였다. 애니메이션이 말풍선으로 바뀌는 순간 나는 자리에서 벌떡 일어났다.

네 봤습니다

가슴이 뛰고 화장실에 가고 싶어졌다. 곧바로 또 다른 메시지들이 도착했다.

아까 경찰이라고

경아 핸드폰 맡으라고 한 사람

접니다

머리를 망치로 두들겨 맞은 듯한 느낌이 들었다. 응급실에서 경찰이라는 사람을 봤을 때…… 정황이 어땠지? 그 사람 어떻게 생겼더라? 기억이 잘 나지 않았다. 키가 컸는지 작았는지 인상은 어땠는지, 목소리가 높았는지 낮았는지, 생각나는 게 전혀 없었다. 남자였던 것만 생각나고, 경찰이라는 말만 들었지 신분 확인도 하지 않았다. 경황없던 참이어서 의심이고 뭐고 할 여유가 없었다. 경찰복을 입고 있지 않았던 것 같기는 한데, 그게 이상하다는 생각은 조금도 들지 않았다. 생각해보니 조금 위화감이 들었던 것도 같지만, 일이 벌어지고 한참 지난 뒤에야 어쩐지 조금 이상하더라, 하는 것도 우스운 일이었다.

일단 진짜 경찰이라면 증거물에 제3자의 지문이 묻게 놔둘 리가 없다.

뒤늦게 그 사실을 깨닫자 팔다리가 떨렸다.

경찰에 사건 접수 안 됐을 겁니다

제가 구급차부터 불렀거든요

익명은 그렇게 말하고 사진을 한 장 더 보냈다. 초점이 흔들렸지만 모자를 쓴 사람들의 뒷모습인 것은 알아볼 수 있었다. 그 사진의 의미를 짐작하는 건 어렵지 않았다. 그 사람들이 경아를 그렇게 만들었다는 뜻이겠지.

그럼 지금이라도 신고해야죠

목격자라고 하셨죠?

증언해주실 수 있나요?

아니 증언해주세요 꼭

익명은 한참 동안 입력과 삭제를 반복하다가 짧게 대꾸
했다.

안 됩니다

응급실을 나선 뒤부터는 한 방울도 나지 않던 눈물이
갑자기 흐르기 시작했다. 내가 그렇게 슬픈가? 갑자기? 지
금? 눈물이 흐르는 얼굴을 감싸 쥐고 있자니 터진 수도관을
만지는 듯한 기분이 들었다. 슬프거나 분한 감정보다 어이
없는 느낌이 앞서는데도 눈물은 잘 그치지 않았다.

아까 말했죠 경찰에 신고하면 핸드폰 가져가는 거

?

증거가 된다면 넘겨야죠 당연히

익명이 무슨 말을 하고 싶은 건지 짐작이 갔지만 그것

만은 아니길 바라는 마음이 들었다. 하염없이 얼굴을 문지르면서 익명의 다음 메시지를 기다렸다. 익명이 더는 아무 말도 하지 않았으면 좋겠다는 생각도 들었다. 내 뜻대로 될 일이 아니었다.

제가 압니다
범인을

말줄임표 애니메이션이 한참 출력된 후 메시지 여러 통이 한꺼번에 도착했다.

경아 원래 핸드폰 두 개
범인이 핸드폰 수거해 가려고 한 것 같은데
두 개 중에 하나만 가져갔어요
이쯤 얘기하면 수아 씨도 슬슬 감이 올 것 같은데
나머지 핸드폰 하나가 어딨는지 알고 싶은 사람이
어떻게 했을 것 같습니까

드라마

아침 먹으려는 참에 엄마가 내 팔을 붙들더니 쥐어짜는 듯한 목소리로 말했다.

"이제 너밖에 없어."

엄마가 무슨 의도로 그런 말을 하는지 짐작이 잘 안 가서 당황스러웠다. 왜 당연한 소리를 굳이 하지? 지금까진 나한테 별 기대를 안 하고 있었다는 얘기인가? 경아 영정 앞에서 꼭 지금 해야 할 말인가? 팔목에 연결된 엄마의 손이, 너무 힘이 들어가 부들부들 떨리는 손이 징그러웠다.

한편으로는 엄마가 이상하다는 걸 여전히 감지할 수 있다는 사실에 안도를 느꼈다. 익명과의 대화에서 충격을 너무 많이 받아서 정서의 체계가 완전히 망가져버린 게 아닐까 걱정하던 참이었다.

배가 도통 고프지 않았지만 먹자니 잘 먹혔다. 고시텔

에서 병원까지 두 번이나 왔다 갔다 하면서 밤을 새우느라 에너지를 많이 쓰긴 한 모양이었다. 내가 먹는 꼴을 보던 아빠가 떡 접시를 내 쪽으로 쓱 밀었다.

"경아가 꿀떡을 좋아했지."

어쩌자는 걸까?

"좋아했죠. 나는 아닌데."

나는 떡을 별로 좋아하지 않는다. 굳이 택하자면, 속 채운 떡 중에는 꿀떡보다 앙금떡이 내 취향에 가까웠다.

아빠는 조금 민망해하다가 담배를 사 와야겠다며 자리를 떠났다. 밤새 줄창 피워댔으니 살 때가 됐겠지, 아무렴. 나는 상에 놓인 접시마다 다 한 번씩 손을 댔지만 아빠가 코앞에 밀어놓은 떡 접시만큼은 끝까지 못 본 척했다.

더부룩해진 배를 안고 영정 앞에 한참 앉아 있었다. 무슨 억지 감동 가족 드라마를 찍자는 것도 아니고. 총체적으로 너절하고 지겨운 상황이었다. 내가 어른들의 주책 앞에서 짓곤 하는 표정, 당신의 말을 더 이상 듣고 싶지 않습니다만 저는 나름대로 엄격한 가정교육을 받고 자란 사람이기 때문에 굳이 티를 내지는 않겠습니다, 라는 메시지를 담은 무표정을 경아는 좋아했다. 누가 어른 앞에서 그렇게 뚱하게 있으래, 하고 역정을 내도 미동도 하지 않는 눈과 입

꼬리의 각도.

"난 그거 언니만의 스웩이라고 생각해. 진심 리스펙트."

그러는 경아는 누군가에게 싫은 티는커녕 관심 없는 티한 번 낸 적이 없었다. 적어도 내가 아는 한은 그랬다. 티는고사하고 걔가 진심으로 누굴 미워하고 싫어해본 적이나있을까. 딱히 생각해보지 않은 주제지만 굳이 길게 생각할것도 없이 답이 나오는 일이기도 했다. 그런 경아는 나를,내가 사람에게 인색하게 굴 줄 아는 면을 좋아했다. 자기가죽어도 못 하는 일이어서 그랬을 것이다.

"오프라인에서 스웩이랑 리스펙트를 소리 내서 말하는사람 처음 봤다."

"나도 소리 내서 말해본 건 처음이야."

경아는 실없이 웃었다. 별수 없이 나도 그랬다.

어떻게 해줄까?

영정을 향해 물었다. 영정 속의 경아는 호기심 가득한눈을 부드럽게 누그러뜨려 모나리자처럼 웃고 있었다.

내가 어떻게 해주면 좋겠니.

세상에서 가장 임경아답게 생각하고 말하고 행동하는사람은 당연히 임경아 본인이다. 설령 임경아가 세계 최고로 임경아답지 않은 짓을 벌인다 해도 임경아의 일인 이상 그건 임경아다운 일이 된다. 이제 세상에 임경아가 없다고 할 때, 그나마 가장 임경아에 가깝게 생각하고 말하고 행동할 수 있는 사람은 누굴까. 나는 재고의 여지 없이 그게 나라고 믿었다.

내가 바로 경아를 세상에서 가장 사랑하는 사람이라고 말하기는 어렵다. 경아를 생각하는 나의 마음은 기쁨과 슬픔과 열등감과 우월감과 애정과 경멸, 그 밖의 여러 감정으로 얼룩져 있다. 그 마음의 역사는 경아의 생애와 똑같이 시작되었고 아직 끝나지 않았다. 연년생 중 언니로서, 기억도 안 나는 젖먹이 시절부터 나는 경아와 경쟁하고 경아에게 사랑받고 경아를 지켜왔다.

그럼에도 경아가 내게 무엇을 바랄지는 생각하기 어려웠다. 착한 그 애가 영정 사진 그대로의 표정을 하고 언니 제발 나 때문에 위험한 짓 하지 마, 라고 하는 모습을 너무도 생생하게 상상할 수 있었다. 위험에 빠지고 싶지 않은 내 이기심이 나를 속이는 것인지, 정말 경아가 그걸 원한다는 결론에 도달한 것인지 헷갈렸다.

나, 그냥 내 마음대로 한다.

영정 속 경아의 표정은 물론 전혀 변하지 않았다. 사진에 대고 말을 걸고 있다는 것을 자각하자 얼굴이 뜨거워졌다. 엄마 아빠의 낯 뜨거운 가족 드라마 연출에 어느새 휘말리고 만 것일까. 나라도 정신을 차려야 하는데.

익명과의 대화에서 얻은 정보들을 완벽하게 신뢰할 수는 없었다. 익명은 경찰을 사칭해 내게 접근해서 경아의 핸드폰을 건네주었다. 경찰 대신 구급대원을 호출했다고 했는데, 혹시나 싶어 경아의 핸드폰 통화 목록을 보니 119 신고도 경아의 핸드폰을 이용한 것이었다. 익명이 주장한 대로 경아가 숨을 거두기 직전 곁에 있었다는 의미다. 그러나 익명은 최초 신고자나 보호자로서 병원까지 동행해 남는 대신, 몰래 중요한 증거가 될 수 있는 유류품을 챙겨 유족에게 건네주고 떠나는 쪽을 택했다. 범인을 지목하는 태도에는 한 치의 의심도 깃들어 있지 않은 듯 보였다.

익명은 경찰을 신뢰하지 않는다. 수사 또는 처벌이 제대로 이루어지지 않을 거라고 확신하는 것 같다. 익명은 자신의 정체가 드러나지 않기를 바란다. 경찰에 대한 태도를 근거 삼자면 가능성이 양분된다. 첫째, 자신이 용의선상에 오를까 봐. 당연한 이야기일 수도 있고, 너무 단순한 접근일 수도 있다. 둘째, 이미 사람을 사주해 죽일 만큼 대범한 범인 앞에 자신의 존재가 노출되었을 때 그 결과가 자명하기 때문. 이 경우 범인이 수사 과정이나 양형에 영향을 미칠 정도로 거물일 가능성도 생각해볼 수 있다.

익명과의 대화를 통해 확정된 사실, 검증되지 않은 주장, 나의 추론을 대조해보는 동안 익명이 내게 요구하는 바의 윤곽이 희미하게 드러났다.

익명은 경아의 죽음이 정식으로 수사를 받는 것보다는 범인에게 사적 복수를 가하는 편이 낫다고 생각한다.

나에게 접근한 이유는, 내 도움을 받거나 아예 나를 이용하고 싶어서.

익명의 목표 의식에 동조할 것인지 정식 수사를 요청할 것인지 고민할 시간은 거의 없었다. 입관 전에 부검을 의뢰하지 않으면, 예정대로 화장이 진행되어 경아의 몸에 혹시라도 남아 있을 증거가 모두 인멸된다.

익명의 주장에 설득력이 없지는 않았다. 나도 경아는 자살한 게 아니라고 생각했고, 자살이 아닌 이상 경아를 이렇게 만든 범인이 있을 테니, 그 인간을 찾아내 갈기갈기 찢어버리면 어떨까 상상했다.

절대로 자살할 사람이 아닌 경아는, 누군가의 사주로 죽어 마땅한 사람도 아니었다. 모든 가능성이 절반만 열려 있는 것처럼 보였다. 익명의 주장에 온전히 기대기보다는 조금 더 많은 단서를 확보해두는 것이 유리했다.

성큼성큼 빈소를 가로질러 엄마 앞에 가 앉았다.

"부검 신청하자."

엄마는 사색이 되어 손을 내저었다.

"무슨 소리야. 부검하면 애 몸 갈가리 다 찢어놓는 거 몰라? 난 그 꼴 못 봐."

예상 밖의 반응은 아니었다. 멀찍이 앉아 있는 아빠를 쳐다보니 아빠도 고개를 절레절레 젓고 있었다.

"경아 보험 들어 있지? 자살로 결론 나면 보험금도 못 타. 할 수 있는 건 해봐야지."

돈 얘기를 꺼내니 둘 다 머뭇거리는 기색이 보였다.

"지금 가서 신청한다."

대답은 듣는 둥 마는 둥 하고 신발을 신고 나왔다. 곧장 따라와서 말리지 않는 것을 보면 보험 공격이 적중한 게 분명했다.

복병은 응급병동에 있었다.

"임리아 님 검안서 쓰신 선생님이요? 방금 나가셨는데……."

"꼭 그분하고 소통해야 하나요? 부검 신청만 하면 되는데요."

"담당 선생님이 부검 신청 안 하시는 데에도 사유가 있으니까요. 잠시만요."

간호사는 곤란해하며 전화기를 들었다. 근무 중인 사람한테 인계하는 게 낫지 퇴근한 사람한테 연락하는 게 낫냐는 말이 목 끝까지 차올랐다. 퇴근한 의사가 바로 전화를 받은 것이 불행 중 다행이었다.

"정식으로 부검 신청하려고 하는데 다른 의사한테 인계해주시면 안 될까요?"

"누구라고 하셨지? 아, 일산화탄소 중독. 젊은 분. 부검 추천드리지 않아요."

"추천 비추천 여쭤본 게 아닌데요. 담당의 소견도 중요하겠지만 유족이 요구할 경우 무조건 진행 아닌가요?"

참고 참으며 한 말이었다.

"잘 아시겠지만 부검 시 사체 훼손 심하잖아요. 굳이 뒤져볼 것 없이 자살 소견으로 보고 있거든요. 신고도 고인이 직접 하신 걸로 기억하는데."

대체로 훤히 예상할 수 있던 반응이지만 한순간 말문이 막히는 건 어쩔 수 없었다. 상대가 의사라서일까, 경아를 고인이라 불러서일까. 의사는 계속 지껄였다.

"고인이 그때는 의식이 있었고 본인 의사로 신고를 했

다는 의미인데, 자살 기도 중에 통증이나 심경 변화로 직접 구조 요청하는 케이스도 많거든요."

송화구에서 입을 떼고 숨을 깊이 들이쉰 다음 차분히 말을 골랐다.

"번호는 고인 번호가 맞지만 출동 요청은 타인이 했다고 들었어요, 저는. 응급 신고는 자동 녹취되죠? 병원에 실려 왔을 때는 의식 없었다면서요. 자살하려다가 중간에 갑자기 정신 들어서 신고하고 다시 의식 잃었다, 뭐 그렇게 보시는 거예요?"

"신고해달라고 본인이 요청했을 수도 있고……."

"그건 근거가 전혀 없는 얘기잖아요. 의사 선생님이 그렇게 말씀하시면 어떡해요. 그러니까 부검해달라는 거 아니에요. 이쯤 되면 부검을 아예 막는 것처럼 느껴지거든요?"

수화기에서 의사의 한숨 소리가 건너왔다.

"요구하시면 당연히 해드려야죠. 억지로 못 하게 하려는 게 아니라요. 외상 흔적 없는 일산화탄소 중독 케이스가 타살일 가능성이 정말 희박해서 부검이 굳이 필요 없다, 이렇게 본 거예요. 저희가 먼저 부검을 권할 때는 외인, 그니까 사망에 있어 외부적인 원인이 제공되었다는 사실이 명

백할 때고, 아니 외인사 가능성 높다고 권해드려도 거절하
시는 경우가 너무 많거든요. 이런 케이스에 부검 권하면 오
히려 유족한테 안 좋다고 봤죠."

"마음 써주셔서 감사하고요. 근무 외 시간에 이런 일로
언성 높여서 죄송합니다. 절차 진행해달라고 이쪽에 전달
좀 해주세요."

전화를 간호사에게 넘기고 잠시 벽에 기대어 있자니 엄
마 아빠가 헐레벌떡 뛰어오는 것이 보였다.

"다 이쪽으로 오면 어떡해? 빈소는 어쩌고?"

"수아야 안 돼, 하지 마, 안 돼."

엄마는 내 어깨를 붙들고 울고, 아빠는 부검 신청 접수
를 취소해달라고 난리였다. 담당의와 통화하던 간호사는
황급히 통화를 마무리 짓고 부검 신청이 아직 안 되었다고
안내했고, 아빠도 돌아서서 내 팔을 붙들었다.

"경아 보험금 나온대. 생명보험은 자살 상관없대."

"보험금 나오면 너한테 다 쓸 거야. 우리한테 이제 누
가 있겠니. 유학 보내줄까? 대학원 갈래?"

엄마랑 아빠가 한 팔씩 붙들고 울면서 하는 말들이 기
가 막히게 우스웠다. 보험 얘기를 먼저 꺼낸 쪽은 나였기에
더 둘러댈 말이 없었다. 무심코 돌아보니 부검 상담을 받아

주던 간호사가 묘한 눈으로 이쪽을 보고 있었다. 웃긴가? 피곤한가? 화도 났지만 창피하다는 느낌이 더 압도적이었다. 엄마 아빠가 연출하고 싶어 하는 가족 드라마의 정서가 비리고 역해서 당장이라도 도망치고 싶었다.

나중에야 확인한 것이지만 내가 부검을 요청하러 갈 즈음 익명도 내게 메시지를 보내고 있었다. 메시지는 아주 간결해서 약간 무례하게 느껴지기까지 했다.

부검=경찰

부검을 하면 정식 사건 접수가 될 거라는 의미인 듯했다.

메시지 발신 시각이 아무래도 신경 쓰였다. 내가 응급 병동에 가기 전인지 가 있을 동안인지 정확히 알 수 없어서 문제였다. 이 메시지는 내가 어떻게 나올지 예상해서 보낸 것일까, 어딘가에서 나를 지켜보며 보낸 것일까.

아주 헛수고는 아니었다. 경아가 숨을 거둔 방식은 누가 봐도 자살 같다는 것, 심지어 전문가의 관점에서도 그렇다는 것을 알았다. 엄마 아빠를 설득하기엔 남은 장례 일정이 촉박했고, 시간 좀 벌자고 장례식을 중지할 엄두는 나지 않았다. 부검 없이도 타살 증거를 포착할 수 있을 거라는 막연한 낙관을 품고 한 걸음 물러서는 수밖에 없었다.

부검을 포기하기로 마음먹고 나니 갑자기 걷잡을 수 없는 피로가 몰려왔다.

버티고 버티다 입관 직후에 기절하듯 쓰러져 잠들었다. 잘 기억은 나지 않지만 아빠가 쪽방에 나를 데려다놓았다고 한다. 도저히 감당할 수 없는 피로였다.

루틴

영원히 끝나지 않을 것 같던 장례식이 어찌어찌 끝났다. 유골 안치까지 끝난 3일 차에는 오랜만에 집에 가서 잤다.

이틀 뒤에 1차 시험 결과가 나왔다.

한눈팔 새 없이 일상으로 복귀해야 했다. 아르바이트도 다시 나가고, 무너졌던 생활 루틴을 회복 또는 재구성하고, 새 스터디를 알아보고.

단기 과제로 남은 것은 1차 패스를 엄마 아빠에게 언제 어떻게 말하면 좋을지, 라는 점이었다.

1차 시험 끝난 직후에는 미친 듯이 초수 합격 수기를 찾아다녔다. 응시 전에 기분 전환용으로 찾아봤을 때와는 사뭇 기분이 달랐다. 그때는 많지는 않지만 적지도 않구나, 그럼 나도 못 할 건 없겠다, 정도의 감상이었다. 다시 찾아

보니까 소위 주요 교과목 응시자가 서울 지역에서 초수 합격한 수기는 손에 꼽을 수 있을 만큼 귀해 보였다. 주요 과목 전공이면 지방직 합격이고 서울 합격이면 제2외국어나 예체능 전공이었다. 웬만한 초수 합격자 수기는 다 그랬다.

시험을 못 봐서가 아니라 나쁘지 않게 봐서 더 신경이 쓰였다. 비기너스 럭Beginner's Luck인지, 별 긴장 않고 준비한 만큼 해서인지, 좌우지간 평생 본 것 중에서 가장 뒤끝 없이 개운한 시험이었다. 그래서 오히려 더 불안한 마음이 들었던 것이다. 솔직히 앞으로 아무리 노력해도 이번보다 깔끔하게 잘 보기 어려울 것 같은데 이번에 불합격이면 어떡하나.

내게 남하고 다르거나 좀 나은 점이 있다면 이것이다. 나는 내가 얼마나 할 수 있는지를 거의 정확히 파악하고 있다. 물론 나는 인간이지, 경험치와 레벨에 비례한 능력값이 딱 떨어지게 수치화되어 있는 게임 캐릭터가 아니므로, 체력과 정신력이 현재 몇 퍼센트 남았는지, 얼마나 쉬어야 완전히 회복되는지 같은 것은 당연히 모른다. 내가 아는 것은 나의 한계다.

그게 어떻게 남들과 구분되는 특장점이 되는지를 남들에게 이해시키는 건 쉽지 않은 일이었다. 수시 원서 쓸 때 자기소개서에도 비슷한 말을 썼는데 면접관의 노골적인 비웃음을 샀다. 자기의 한계를 안다는 건 포기가 빠르다는 말이 아니냐, 보통은 스스로의 한계를 설정하지 않는 것을 장점으로 여기지 않느냐. 그때 내가 뭐라고 했더라.

"저는 제가 할 수 있는 일만을 합니다. 이 학교에 지원한 이유도, 합격할 것 같아서 한 것입니다."

결과는 불합격이었다. 맛 좀 보란듯이.

자기의 한계를 정확히 알면 장기 또는 단기 목표를 현실적으로 수립할 수 있고, 현재의 집중력이 얼마나 지속될지, 지금 취하고 있는 자세 또는 행동을 얼마나 더 유지할 수 있을지 같은 것을 고려하게 된다. 내가 무엇을 할 수 있는지와 그렇지 않은지를 구분할 줄 알면, 실현 가능성이 불확실한 일에 자원을 낭비하는 대신 달성 가능한 눈앞의 목표에 집중할 수 있다.

결국 정시까지 가서 성적 우수자 우선선발 전형으로 진학했다. 장학금까지 받게 되었으니 수시 떨어진 게 전화위복이라고 엄마 아빠는 호들갑을 떨었지만, 나는 얼른 대학에 가서 그 면접관을 만나 혹시 저를 기억하시느냐고 묻고 싶은 생각밖에 없었다. 나중에 안 것이지만 그 면접관은 교수가 아니라 임시 채용된 외부 인사여서 캠퍼스에서 볼 기회가 없었다.

그런 식이다. 눈짐작으로 이건 내가 할 수 있겠다, 싶은 일에 실제로 착수했을 때, 내가 해내지 못한 일은 거의 없었다. 초수 합격을 목표 삼은 것 역시 이 맥락 안에서 설명할 수 있는 부분이다. 지금까지 해오던 것보다 무리한 부분이 적지 않고, 가족들이나 주변 고시생들을 의식하느라 흔들린 적도 있었지만, 처음에 할 수 있겠다고 생각했던 때를 계속 떠올렸다.

가채점은 시험 끝나고 이틀쯤 지나서야 했다. 할까 말까 백 번쯤 망설인 다음의 일이었다. 주관식이고 자가 채점인 걸 고려해서 점수를 퍼주지도 말고 너무 짜게 주지도 말자, 다짐하면서 했는데 자주 가는 임용고시 카페 회원들의 가채점 점수보다 1, 2점씩 낮았다. 자신 있는 점수니까 카페에 공개했겠지. 아니면 다들 스스로를 후하게 평가했거나. 이런 식으로 생각하지 않고서는 견디기 어려웠다. 시험을 잘 봤네 못 봤네 떠들 상대도 별로 없어서 조용히 지냈다.

합격일 경우를 대비해 느슨하게나마 2차 시험 준비를 하고는 있었다. 수업 실연 평가와 면접을 고려하면 스터디 그룹은 필수일 것 같았지만 시간을 많이 잡아먹을 게 뻔해서 합격 발표가 확실하게 뜨고 나면 시작하기로 마음먹은 것이었다.

1차 발표 직전 경아가 그렇게 된 것을 나의 불운이라고
할 수는 없었다.

목숨을 잃은 사람도 있는데 내가 불운하다고 말하는 건
웃기는 일처럼 느껴졌다. 그러나 나는 계속 살아야 하고, 나
의 목표는 변하지 않았고, 누구에게도 보상받을 수 없는 손
해는 구덩이처럼 남아 있다. 막막하지 않다면 거짓말일 것
이다.

처음부터 했던 생각 또 하나가 불현듯 떠올랐다. 나 같
은 사람이 합격 수기를 쓰면 안 되겠구나 하는 생각.

"좀 괜찮아?"

아르바이트 유니폼을 갈아입고 포스 앞에 서자 매니저
가 말했다. 걱정스러운 기색이었지만 솔직히 귀찮았다. 상
식적으로 괜찮겠냐?라고 대꾸하고 싶은 것을 참고 고개를
끄덕였다. 매니저는 머뭇거리다가 한마디 덧붙였다.

"그…… 상심이 크시겠습니다."

"장난치지 마세요."

"장난이라니…… 유족한테 이렇게 인사하는 게 예의
아냐?"

진심으로 당황한 것처럼 보여서 헛웃음이 났다.

"오타쿠 같아요."

더 면박을 줄까 하다가 한발 물러섰다. 평소처럼 매니저와 농담 따먹기나 하고 싶은 기분은 아무래도 들지 않았지만 며칠 만에 만난 매니저에게 너무 심했다는 생각이 들어서였다. 잠시 뒤 매니저는 어깨를 어깨로 툭 치며 다시 말을 걸어왔다. 화제를 전환하려는 듯 명랑한 목소리였다.

"오타쿠란 말, 평범한 사람한테 해도 실례인데 오타쿠한테 해도 실례인 거 이상하지 않아?"

"잘 모르겠는데요."

"오타쿠가 오타쿠를 자처하는 건 괜찮고, 전혀 오타쿠답지 않은 사람이 자칭 오타쿠라고 하면 또 진짜 오타쿠 그룹에서 싫어해. 오타쿠 그룹 내에서 유통되는 경우가 아니면 거의 비하어로 쓰인다고 봐야지. 나는 이게 동 세대 내에서 욕설 즉 비하어가 생성되어 유통되는 과정이라고 봐. 이거 재밌을 것 같지 않냐? 논문 있을까?"

매니저는 자칭 '이래 봬도 석사'였다. 석사는 노량진에 썩 드문 게 아닌데도 고집스레 자신의 학력을 강조하곤 했다. 대낮에 노량진에서 사이코패스가 칼부림 난동을 피웠을 때 피해자 중에 석사가 하나도 없을 확률이 얼마나 될까?

방금 떠올린 생각에 스스로 놀랐다. 경아 일을 겪고부터 살인이나 죽음에 대한 사고나 언행에 반사적인 거부감을 갖게 된 것 같았다. 문제는 죽음에 대한 사고가 너무도 일상적으로 일어난다는 것이었다. 이 일에 익숙해질 수 있을까, 언젠가 나 자신의 죽음을 다시 농담거리로 여길 수 있을까.

　　사실 오래 걸리는 것보다야 하루아침에 익숙해져버리는 게 더 큰 문제 아닌가?

　　매니저가 또 어깨를 어깨로 툭툭 건드렸다.

　　"듣고 있어?"

　　정신을 차리고 보니 스팀 타월로 카운터 상판을 닳도록 문지르는 중이었다. 떠오르는 대로 아무 질문이나 했다. 질문을 던져놓으면 매니저는 혼자서도 잘 떠드는 편이니까.

　　"SNS, 하는 거 있어요?"

　　기대와 다르게 매니저는 경계하는 것처럼 보였다.

　　"그런 거 서로 모른 척해주는 게 현대인의 매너 아닐까?"

　　바로 대꾸할 말이 생각나지 않아 잠자코 있자니 매니저가 구시렁거렸다.

　　"여태 그런 거 물어보지도 않더니."

그러고 보니 그랬다. 별생각 없이 던진 질문이라고 생각했지만 무의식중에 경아를 떠올리고 한 말이었구나.

"동생이 일종의⋯⋯ SNS 셀럽? 같은 거였거든요."

"누군데?"

"그런 거 서로 모른 척해주는 게 현대인의 매너라면서요?"

아르바이트 면접 합격 후에 가족관계가 기록된 주민등록등본을 제출했기 때문에 매니저는 마음만 먹으면 내 동생, 사망한 SNS 셀럽이 누군지 알 수 있을 것이었다. 썩 달갑진 않았지만 그렇게까지 신경 쓰이는 일도 아니었다. 매니저는 잡지식도 많고 세상 물정에도 밝은 편이었다. 쓸 만한 정보를 얻을 수 있을 것도 같았다.

"글쎄, 나는 신규 SNS 나오면 일단 계정은 다 만들어두는 편이지. 꾸준히 하는 건 한두 개? 그것도 내 글 많이 올리기보다는 남들 올리는 거 보는 편."

"그건 저도 그래요. 나오는 것마다 다 아이디 만드는 건 아니고."

"말 나온 김에 우리, 겹치는 거 있으면 친구 맺을까?"

"싫어요."

"그럴 줄 알았다."

매니저는 껄껄 웃었다. 몇 안 되는 매장 손님들이 매니저를 힐끗 쳐다보았다.

"팔로어 많은 인플루언서였으면 스트레스 엄청 받았겠네. 뭐 하나만 올려도 스타일부터 맞춤법까지 일일이 참견하는 사람들도 있었을 테고. 좀 구설수 같은 것만 나도 악플 막 달리고."

달리 언급한 적도 없는데 매니저는 경아가 자살한 것처럼 말했다. 하긴 젊은 사람의 돌연사니까 사고사 아니면 자살이라고 생각하는 게 무난하지. 앞으로 이런 말 얼마든지 들을 텐데 매번 발끈해선 안 되겠지.

"그런 애는 아니었어요."

"구설수가 다 본인 행실에서 나오는 건 아니야. 유명세라는 말 알지? 요새는 그냥 유명해졌다, 할 때 쓰곤 하는데 그거 원래 나쁜 말이거든. 유명, 에다가 세금 할 때 세 자를 붙인 거야. 이름 떨치는 데에 따라붙는 나쁜 부작용들을 유명세라고 해. 그래서 유명세를 '치른다'고 하고."

"루머 같은 거 말씀하시는 거죠."

기분 좋은 이야기는 아니지만 생각해볼 만한 일이었다. 경아가 어떤 유명세를 치르고 있었는지 정도는 파악해두는 편이 좋을 것 같았다.

"루머. 스토커. 뭐 그런 것들. 나 아는 언니가 파워 블로거였거든. 그 언니가 블로그 할 때부터 팬이라고 맨날 댓글 달던 남자가 SNS로 따라와서 팔로우하고선, 사진 보고 동선 파악해서 따라다녔대."

"그래서요?"

"따라다닌 거 자체는 문제가 안 된대. 해코지당할까 봐 무서워서 적극적으로 대응도 못 했는데 실제로 해코지를 해야 경찰도 대응을 할 수 있다고 하더래. 알고 그런 건지 모르고 그런 건지 불확실한데, 결과적으론 용의주도했던 게, 공개 댓글만 달고 쪽지 같은 건 절대 안 보내던 사람이었대. 언니가 얼마나 무서웠겠어. 식당에서 밥 시켰는데 그 남자 들어오고. 카페에서 친구 만나서 이런 얘기 저런 얘기 하고 있는데 뒤 테이블에 그 남자 앉아 있고. 근황을 안 올리면 자주 드나드는 곳에 죽치고 있으니까 단골 가게도 맘대로 못 가고."

경아는 그런 얘기를 한 적이 없었다. 그건 경아에게 그런 일이 없었기 때문이 아니라, 그와 같은 일을 겪었으나 내게 말하지 않았을 뿐일 가능성이 높은 것 같았다.

"막 돌아버릴 것 같았겠지? 사진을 안 올릴 수도 없고. 블로그, SNS 콘텐츠가 다 그건데."

당사자 심정이야 뻔한 것이었고, 내가 듣고 싶은 것은 그다음이었다.

"어떻게 됐어요?"

"이거 말해도 되나?"

매니저는 고개를 바싹 들이밀더니 소곤거렸다.

"똑같이 해줬대. 그 남자 마주칠 때마다 몰래 사진 남겨두고, 그 남자 SNS 계정 다 뒤져서 신상 알아내가지고 그 남자 가족들한테 그동안 수집한 증거 다 보내고. 또 마주치면 직장에도 보낼 거라고 했대."

그러려던 것은 아닌데 나도 모르게 코웃음을 치고 말았다.

"직장이요? 직장도 있는 사람이 그렇게 부지런히 따라다녔대요?"

"내 말이."

"그래서, 그렇게 해서 해결이 됐대요?"

매니저는 자세를 바로잡더니 어깨를 으쓱했다.

"뭐 대충. 그 언니는 블로그도 접고 SNS도 끊고. 근데 한 1, 2년 지나서 다시 보니까 그 남자가 다른 여자 타깃 하나 잡고 또 그러고 있더래."

"무서운 얘기네요."

이 대화의 시작에 경아에 대한 생각이 있었음을 되새기자 속이 울렁거렸다. 매니저는 그 아는 언니와 얼마나 가까운 사이였을까. 가깝지 않아서 이런 이야기를 내게도 할 수 있었던 것일까. 시간이 많이 지난 일이라서 괜찮아진 것일까.

"피곤할 텐데 오늘 마감 청소 내가 다 할게. 계속 포스봐줘."

매니저는 어깨를 툭툭 두드리고 카운터를 빠져나갔다. 적어도 내게, 매니저는 나쁜 사람이 아니었다.

매장 마감 후에 매니저와 술을 마셨다. 매니저는 퇴근할 때마다 한잔 어떠냐고 물어왔지만 일 시작할 무렵 한두 번 어울려주고 나서부터 쭉 거절해왔다. 매니저는 지치지도 않고, 매번 다양한 이유를 찾아 술을 권했다. 거절한다고 앙심을 품는 사람은 아니었다. 그냥 오늘은? 오늘은? 하고 습관처럼 물어보는 것 같았다. 심지어 오늘은 내가 먼저 마시자고 했다. 가늘고 끝이 올라간 매니저의 눈이 단박에 휘둥그레지는 건 볼만한 광경이었다.

맥주 500cc씩 시키고 1차 합격 소식을 전하니 매니저가 테이블을 두드리며 왜 이제 말하냐고 난리를 피웠다.

"저한테 지금 제일 큰일이 그게 아닌 것 같아서요."

타이밍 좋게 맥주가 왔다. 매니저는 고개를 끄덕이며 잔을 부딪쳐 왔다. 출렁, 하며 맥주잔 바깥으로 흘러내린 거품을 내려다보면서, 쭉 고민이던 것을 털어놓았다.

"저 일 그만둘까 봐요."

"왜?"

매니저는 아까보다 더 눈을 동그랗게 뜨고 큰 소리로 물었다. 마시던 맥주잔을 쾅, 내려놓는 바람에 테이블에 거품이 사방으로 튀었다.

"왜? 왜, 왜? 왜. 왜 막, 저, 그, 급여 때문이야? 시간 안 맞아? 편한 시프트로 픽스해줄게. 주 3일만 해. 아니다, 주말만 해도 돼. 갑자기 왜, 왜 그러는데?"

이래 봬도 석사라는 사람이 나 때문에 당황해서 말까지 더듬다니. 나는 대답하지 않고 매니저를 물끄러미 쳐다보았다. 매니저는 조금 슬픈 표정을 지었다가, 갑자기 미간을 좁히며 화를 냈다.

"너, 내가 네 말 거절 못 하는 거 알고 있지. 알고 그러는 거지."

어렴풋이 그런 것 같다고 생각은 했지만 본인이 그렇게 말할 줄은 몰랐다.

"아시잖아요. 그냥 제가 그럴 상황이 아닌 것 같아서 그래요."

매니저는 한숨을 푹 내쉬었다.

"알았어. 너 근데 그만두고 싶다고 바로 나가는 거 아니다. 후임자 구하기 전까지 기한 정해놓고 그때까진 나와야 돼."

매니저는 나름대로 겁을 주려는 것 같았지만 이 지역, 이 체인에서 알바생 구하기란 일도 아니었다.

"그 정도는 알죠."

"다른 사람 같으면 최대한 부려먹을 텐데, 너니까 빨리 나갈 수 있게 해줄게."

매니저의 생색이 밉지 않게 느껴졌다.

"언니가 알아서 해주시겠죠."

매니저는 얼굴을 감싸 쥐더니 작게 비명을 질렀다.

"너 왜 이럴 때만 언니라고 불러?"

한잔이라더니 진짜 한 잔만 마시고 가냐고 우는 시늉을 하는 매니저를 뒤로하고 고시텔로 돌아왔다. 자기 전에 미리 일과를 새로 짜두어야 했다.

기상 시간은 다시 5시. 운동 한 시간 반. 운동하는 동안 소화할 수 있는 리스닝이나 인강 파일 준비해놓기. 아침 먹고 7시 반까지 독서실 입실. 12시까지 공부. 점심 먹고 7시까지 다시 공부. 스터디 구할 때 8시에서 10시 사이 매일 가능한 그룹 있는지 알아보고 어렵다면 루틴 재조정. 경아 주변 조사는 10시부터 한 시간씩. 그 외 시간에는 경아 생각 금지. 잠들기 직전에 본 내용이 기억에 오래 남으니까 잠들기 전 30분은 무조건 그날 한 공부 복기. 주 5일 반복. 주말에는 오전 휴식. 오후 일과는 평일과 동일.

됐다.

자려고 누웠더니 눈물이 났다. 똑바로 눕는 것이 어색했다. 경아가 입관할 때의 이미지를 뇌리에서 떨쳐낼 수가 없었다. 돌아누우면 돌아눕는 대로 눈물이 오른쪽, 왼쪽으로 흘러내렸다. 뒤척이는 기색이 옆방까지 들렸는지 벽에서 쿵쿵 주먹질 소리가 났다.

미친년이 또 지랄이네.

늘 하던 것처럼 속으로 욕을 하고 나니 이상하게도 마음이 놓였다. 이런 것이 일상이겠지, 또는 이런 것이 일상이라니. 그런 생각을 하면서 다시 똑바로 누웠다.

SUN

일주일 가까이 지나서도 익명에게선 연락이 없었다. 익명이 지목한 사람이 정말 진범인지, 진범을 추적하는 데에 꼭 익명의 도움이 필요할지에 대한 의구심이 점점 커져 갔기 때문에 차라리 쭉 연락이 안 왔으면 하는 생각도 들었다. 일단은 사고 당일 내 핸드폰 착신 기록을 뒤져서 경찰이라며 연락해왔던 번호를 캡처해두었다. 010으로 시작하긴 하는데 익명 본인의 핸드폰이 맞는지는 확신할 수 없었다. 그래도 그 긴박한 상황에서 행인의 전화기를 빌리거나 하지는 않았을 테니 본인 번호일 가능성이 높기는 했다.

일요일 오후에 엄마한테서 전화가 왔다. 집에 다녀가라는 것이었다. 습관처럼 거절하려다 그러겠다고 했다. 이제 아르바이트도 끝이라 빨래는 다시 집에 가서 하는 편이 좋고, 가는 김에 경아 소지품들을 좀 살펴볼 수도 있으니까.

"알았어. 오늘 일과 마치고 바로 갈게."

응? 하는 되물음을 들으며 전화를 끊었다. 엄마도 당연히 거절을 예상한 모양이었다. 별생각 없이 방 안에서 통화를 한 게 뒤늦게 마음에 걸려 벽을 쳐다보았지만 조용했다. 간만에 옆방 사람도 외출을 한 모양이었다.

핀 쿠션을 만지작거리며 임고 카페에 접속했다. 이미 결성된 스터디 그룹들은 대부분 1차 시험 직후에 모집이 끝났고, 충원 모집이 있는 경우에도 내가 원하는 스케줄에 잘 맞지 않았다. 스터디를 시작하려면, 나같이 애매하게 남은 사람들을 모아서 직접 그룹을 만들거나 누가 그걸 대신해주기를 바라며 눈치나 보고 있어야 했다. 귀찮음을 무릅쓰고 평일 오후 8시부터 두 시간 동안 진행할 전화 스터디 멤버 모집 글을 올렸다. 정원은 네 명 정도, 최대 6인까지 생각하고 있다고 썼다. 올리자마자 댓글이 두 개 달렸다. 게시물 수정 버튼을 누르고 전화 스터디라 지역 제한은 두지 않지만 아무래도 수업 실연도 보아야 하니까 주말에는 노량진에서 뵐 수 있는 분이면 좋겠다는 말을 덧붙여 재등록했다. 댓글 하나가 삭제됐다. 하루 정도 기다렸다가 정 안 되면 단둘이라도 진행해봐야지.

중고 거래 카페로 이동해서 핸드폰 공기계 매물을 검색

해보았다. 되도록 경아 핸드폰은 건드리지 않고, 공기계에 경아 핸드폰에서 백업해둔 데이터를 옮겨 사용할 생각이었다. 이제 경아가 전화를 받을 수도, 답장을 쓸 수도 없다는 것을 모르는 사람들로부터 연락이 계속 왔다. 내가 직접 그 사실을 전해줄 엄두는 나지 않았다. 전원을 끄고 지퍼백 두 개로 감싸서 서랍 깊은 곳에 넣어두었다.

경아가 쓰던 기종은 중고가도 아직 높아서 당장 갖고 있는 비상금으로는 구하기 어려웠다. 좀 더 찾아보니 하위 기종에도 데이터를 옮길 수 있다고 해서 검색 항목을 바꿔보았다. 다행히 매물도 꽤 많고 가격도 예산 안에 있었다. 나로서는 택배보다 직거래 쪽이 마음이 놓였고 판매자들도 직거래를 선호하는 눈치였지만 대부분 꽤 먼 지역에 있었다. 반면 가격이 높아서 애초에 포기했던 동일 기종 제품은 반포 직거래 매물이 하나 올라와 있었다. 고민이 길어졌다. 스터디와 마찬가지로 하루 정도 더 기다려보고 판단하기로 했다.

지방에서 고등학교를 졸업하고 노량진으로 바로 올라왔다는 신입과 간단히 인사를 나누고 마지막 근무를 함께 했다. 신입 교육 겸 인수인계 겸 퇴직 절차였다. 아무리 동네 장사라지만 체인 자체는 대기업 것이라 그런지 작성해야 할 문건이 꽤 있었다. 매니저가 이것저것 출력해 와서 여기, 여기, 여기에 사인하라고 했고, 시키는 대로 했다.

"넌 임고 본다는 애가 무슨 카페 알바를 했냐. 남들처럼 과외나 학원강사 같은 거 하지."

매니저가 뜬금없는 핀잔을 주었다. 쳐다봤더니 눈을 피하길래 그러려니 했다.

"필요한 거 있거나…… 내가 뭐 도와줄 만한 거 있으면 연락해. 자주 놀러 오고."

"혹시 마지막 달 급여 가불 가능해요?"

매니저가 어이없어하며 웃었다.

"기다렸다는 듯이 그러기냐?"

"어차피 안 되죠? 그냥 한번 물어봤어요."

매니저는 멀찍이서 바닥을 걸레질하는 신입의 눈치를 한번 보고 속삭였다.

"네가 달라면 내가 사비라도 땡겨 주지. 어디 쓰게."

농담이 아닌 것은 알지만 어쩐지 우습게 들려서 조금 웃었다.

"핸드폰 공기계 사려고요."

"공기계는 갑자기 왜?"

곧이곧대로 말해도 되는지 판단이 서지 않았다. 내가 대답을 망설이자 매니저는 어색하게 웃었다.

"가불은 어렵지만 공기계는 내가 줄 수 있어."

"동생이 쓰던 거랑 호환되어야 해요."

지나친 호의가 좀 부담스러워서 거절하고 싶은 한편 그런 걸 따질 여유가 없다는 생각에, 입에서는 방어적인 정보부터 튀어나갔다. 딱 한 마디였지만 매니저는 내가 무엇을 하려는지, 이렇게 말하는 이유가 무엇인지 파악했을 것이다. 똑똑한 사람이니까.

"안드로이드도 있고 아이오에스도 있어. 멀쩡해."

더는 거절하기 어려워서 고개를 끄덕였다. 어느새 신입은 바닥 청소를 끝내고 쓰레기통을 비우려 하고 있었다. 손도 빠르고 일머리도 좋은 사람이 후임이라 다행이라는 생각이 들었다.

매니저를 따라 매니저 집까지 갔다. 공기계만 받고 30분 안에 출발하면 어찌어찌 집으로 가는 막차를 탈 수 있을 것 같았다.

좀 오래되었어도 꽤 번듯한 건물 앞에서 멈췄다. 오며 가며 보던 건물이라 오피스텔인 건 알고 있었지만 매니저가 여기 사는 줄은 몰랐다.

"외부인 들어가도 관리실에서 뭐라고 안 해요?"

"우리 엄마 그렇게 빡빡한 사람 아냐."

"어머니가 관리인이세요?"

"아니, 건물주."

매니저는 카드키로 현관문을 열었다. 갑자기 현실감이 좀 희박해졌다. 바로 따라 들어가기 망설여지기도 했다.

"공실 많아서 별로 돈도 안 돼."

매니저는 어쩐지 쑥스러워하며 내 팔을 잡아끌었다. 겨우 7층까지 올라가는데 멀미가 날 것 같은 기분이 들었다.

매니저의 방은 심플하고 세련되고 지저분했다. 도저히 기본 옵션이라고 볼 수 없는 대형 TV와 퀸사이즈 침대, 4인용 탁자 따위가 독신자의 방에 있는 것은 기묘하게 느껴졌고, 모르긴 해도 원목일 것이 틀림없는 책장이 한 벽면을 가득 채우고 있는 점은 부러웠지만, 재활용이 뭔지 모르는 사람처럼 아무렇게나 쌓아놓은 배달음식 용기를 보니 눈살이 찌푸려졌다.

"손님 데려올 줄 알았으면 미리 좀 치워놨을 텐데."

매니저는 내 눈이 머무르는 곳들을 허둥거리며 돌아다녔다. 딱히 더 깔끔해지는 것 같지는 않았다.

"아니에요. 방 좋네요."

한편으로는 지저분해서 차라리 다행이라는 생각도 들었다. 방의 숨 막히는 품격을 쓰레기들이 그나마 좀 조져주니까 안심하고 들어갈 수 있는 것이라는 생각.

"환기 좀 할게."

매니저가 블라인드를 조금 올리더니 창문을 열었다. 앞으로 당겨서 여는 안전창문이었다.

"나 이거 열 때마다 실비아 플라스 생각한다."

"왜요."

"오븐 여는 것 같잖아."

"나쁜 농담이네요."

"미안. 차 마실래?"

매니저는 주방 쪽으로 갔다. 자연스레 매니저를 따라가던 눈에 양문 냉장고가 들어왔다. 배달음식 시켜 먹는 거 보니까 집에서 요리도 안 하는 모양인데 무슨 양문 냉장고람.

"종일 커피 냄새 맡았는데 또 뭐 마시고 싶어요?"

매니저는 빈정 상한 듯한 표정으로 나를 쏘아보았다.

"너 빨리 집에 가고 싶지."

"네. 오늘 본가 갔다 오기로 해서 빨리 가야 돼요."

"난 그래도 좀 앉아서 얘기라도 하다 갈 줄 알았는데

계속 서 있고."

"오늘 본가 안 가더라도 그렇게는 안 하죠. 제 상황 아시면서."

"너 원래 안 그러더니 요새 좀 그렇다. 고시생이라고 유난 안 떨어서 좋았는데."

매니저는 TV장 서랍을 열어 내게 보여주었다. 핸드폰, 태블릿 PC 합쳐 예닐곱 개는 되는 기기가 들어 있었다.

"이 중에는 이게 제일 최신이야."

매니저가 내미는 기계를 받아 들었다. 하위 기종이라 해도 경아 것이 나오기 직전 모델이었다.

"잠깐 빌리는 거예요. 깨끗하게 쓰고 돌려드릴게요."

"뭘 또 돌려주냐. 가져."

매니저가 퉁명스럽게 대꾸했다.

현관으로 돌아가 신발을 신으려는데 매니저가 목도리를 가져와 매주었다. 내 취향은 아니지만 소재는 좋은 물건 같았다.

"안 추운데."

"그냥 고맙다고 해. 말대꾸하지 말고. 말대꾸 안 하면 죽냐?"

죽냐, 는 말에 잠깐 신경이 곤두섰지만 목도리 끝이 매듭지어질 때까지 그대로 서 있었다. 아무려나 고맙다는 말을 해야 하는데 도무지 쉽지가 않았다. 고맙다는 말 한 마디로 퉁칠 수 없을 만큼 고마운 게 많았다. 그래도 매니저가 내게 바라는 건 그 말 한 마디밖에 없다는 것도 알고 있었다. 그걸 알기 때문에 그 말을 하기가 더 어려운 것 같았다. 이 사람은 사실 고분고분하고 사근사근한 나보다, 자기가 기대하는 것을 잘 들어주지 않는 나를 좋아하니까. 잘은 모르겠지만 나도 이 사람이 나를 계속 좋아해주기를 바라는 것 같았다.

"꼭 놀러 와."

"그만 좀 오라고 할 때까지 갈게요."

바래다준다는 매니저에게 손을 흔들며 나왔다. 시계를 보니 고시텔에서 빨랫감을 챙겨 나와도 여유 있게 막차를 탈 수 있을 것 같았다. 나오니까 추웠다. 꽁꽁 둘러놓은 목도리 틈에 양손을 찔러넣은 채로 걸었다. 언니에게 왜 나한테 잘해주냐고 묻고 싶은 마음이 들었다. 그 마음도, 언니라는 말의 어감도 어색하게 느껴져서 언니, 언니 하고 입안으로 몇 번 불러보았다.

패스워드

도착하니 새벽 1시가 넘어 있었다.

고시텔에 살면서부터는 본가에 들를 때마다 현관문 비밀번호가 바뀐 상황을 상상하곤 했는데 진짜로 바뀌어 있는 것은 처음이었다. 짧은 경보음이 울렸다. 실수로 한두 자리쯤 잘못 터치했을 수도 있다는 점을 감안해서 원래 알던 번호를 다시 한 번 입력했지만 또다시 경보가 울렸다. 침착하게 경아 생년월일을 입력해보았다. 그제야 문이 열렸다. 엄마 아빠가 뻔한 사람들이라서 다행이었다. 그래도 바꿨으면 한번 언질이라도 주지 너무하네. 집에 드나들 때마다 경아가 태어난 날을 떠올리는 게 과연 좋은 일인지도 잘 모르겠다.

현관에 가방을 내려놓고 핸드폰 플래시를 켰다. 현관에서 마주 보이는 문, 신발 벗고 다섯 걸음 직진하면 거기가 경아 방이었다. 방문이 닫혀 있었다. 경아는 거실 불이 꺼져도 자기 방 불을 그대로 밝힌 채 문을 열어두곤 했다. 대체로 제일 늦게 집에 돌아오는 나를 위해서였다. 불을 환하게 켜두고 자는 경아를 잠깐 보다가 불을 *끄고* 내 방으로 가는 것이 원래의 동선이었다.

닫힌 문을 열고 들어가 핸드폰 플래시로 방 이곳저곳을 비춰보았다. 어째서인지 불은 켜고 싶지 않았다. 코튼 플라워 디퓨저 냄새가 났다. 수납장에는 먼지가 조금 쌓여 있는데 바닥은 깨끗한 것을 보니 청소기만 돌리는 모양이었다. 원래 있던 물건이 무엇무엇이었는지 다는 모르지만 딱히 뭘 버리거나 치우지는 않은 것 같았다. 기분이 이상해졌다. 경아가 곧 올 것 같았다. 아 언니 먼저 왔네, 미안, 나 너무 피곤해서 바로 잘게 하고 나를 방에서 내보낼 것 같았다.

경아 방을 나와서 내 방으로 가려는데 순간적으로 어느 쪽으로 가야 하는지 기억이 나지 않았다.

노트북을 켜고 스터디 모집 글을 확인했다. 처음 달렸던 댓글을 포함해 총 네 개의 댓글이 달려 있었다. 쪽지로 온 문의도 몇 개 있었다. 스케줄 변동 계획은 없냐는 등 1차 시험 준비 방법을 알려달라는 등 여자분이시면 친하게 지내자는 등 대부분 쓸데없는 내용이었다. 모집 조건에 무난하게 부합하는 사람은 세 명이었다. 쪽지로 인터넷 그룹통화 기능이 있는 메신저 아이디를 보냈다. 가능한 오늘 저녁부터 바로 시작할 생각이니 아직 계정이 없다면 미리 가입해달라는 말도 덧붙였다.

매니저 언니에게서 받아 온 공기계는 액정 위에 붙인 강화유리 필름이 살짝 깨지긴 했어도 멀쩡한 것이었다. 백업 데이터 이전 작업을 켜두고 침대에 누웠다.

어김없이 5시에 눈이 떠졌다. 전날 늦게 잠을 청하기도 했고 집에 온 김에 한 시간은 여유 있게 일어나려고 했는데. 다시 잠을 청하면 아예 퍼져버릴 게 뻔해서 그냥 일어났다. 노트북은 에너지 절약 모드로 바뀌어 있었고, 커서를 흔들어보니 백업이 문제없이 완료되었다는 화면이 떴다. 과연 겉보기에는 경아가 원래 쓰던 핸드폰하고 별 차이가 없어 보였고 사진첩, 연락처, 통화 기록 등 웬만한 정보가 다 제대로 들어 있었다. 조금 난감한 부분은 메신저나 SNS 앱은 대부분 재로그인을 거쳐야 한다는 점이었다.

다시 경아 방으로 가서 경아 컴퓨터를 켰다. 아직 어두워서 모니터가 눈부셨다. 이제 보니 모니터 옆에는 액션 카메라 같은 게 붙어 있었고 앞에는 마이크도 있었다. 그러고 보니 동영상 채널을 만들 생각이라고 했던가. 거추장스러워서 옆으로 밀어놓고 키보드를 끌어당겼다.

경아가 주로 사용하는 인터넷 브라우저에는 경아의 로그인 정보가 다 저장되어 있었다. 포털사이트에 저장된 비밀번호를 커서로 복사해보려고 했는데, 커서를 갖다 대기만 하면 비밀번호가 삭제되었다. 로그인해서 메일함을 뒤져보는 게 나을 것 같았다. 받은 메일함에서 검색해보니 SNS 암호 초기화 메일이 수십 통 나왔다. 처음에는 웃음이 났다. 지 개인정보도 제대로 기억을 못 하나, 바보 멍청이 같은 게. 경아답다면 경아다운 일이라는 생각이 들었다. 웃다 보니 이상하다는 생각이 들었다. 아무리 암호를 자주 까먹었다 쳐도, 어차피 핸드폰 앱에는 거의 항상 로그인 정보가 저장되어 있었을 텐데, 이렇게까지 자주 바꿀 필요가 있었을까? 누군가 지속적으로 경아 계정을 해킹하려 한 게 아닐까?

포털 아이디만으로는 비밀번호를 알아낼 방법이 없었다. 경아 핸드폰 원본이 필요했다. 되도록이면 사용하지 않으려 했는데, 이렇게 빨리 예외가 발생하다니.

어느덧 6시가 지났다. 엄마가 일어날 시간이었다. 살금살금 경아 방에서 나가다가 마침 안방에서 나오는 엄마를 보았다. 엄마는 나를 보고 조금 놀란 것 같았지만 내가 경아 방에서 나왔다는 사실은 눈치채지 못한 것 같았다.

"언제 왔니?"

"밤에 늦게 왔어. 깨우기 싫어서 전화 안 했어."

"아침 먹어야지?"

"먹어야지."

경아 방에 들고 갔던 내 가방을 등 뒤로 숨기고 엄마가 화장실에 가는 것을 지켜보았다. 다시 내 방에 짐을 가져다 놓고 주방에 가보았다. 저녁에 끓이고 한 번 덜어 먹은 듯한 찌개가 있었다. 불을 올리고 보니 밥통에 밥이 없었다. 쌀을 씻어 쾌속 취사 버튼을 눌러두었더니 엄마가 씻고 나왔다.

"냉동실에 얼린 밥 있어."

"벌써 안쳤는데."

"덕분에 새 밥 먹겠네."

그러고 나니 할 말이 없었다. 정확히는, 해야 할 말은 있지만 엄마와 대화하고 싶은 마음이 좀체 들지 않았다. 씻는다는 핑계로 자리를 떴다. 화장실 거울에 붙은 칫솔 거치대에는 엄마, 나, 경아의 칫솔이 나란히 걸려 있었다. 갑자기 화가 났다. 왜 화가 나는지 이유를 모르겠어서 더 화가 났다.

"아빠 좀 깨워라."

다시 거실에 나가보니 밥상이 거의 다 차려져 있었다.

"프라이 하는 거야? 내 거는 빼줘."

나는 엄마 말을 못 들은 척 자리마다 수저를 두고 의자에 앉았다.

"왜?"

"아침에 계란 먹으면 종일 소화 안 돼, 나는."

"경아는 계란 하나만 있어도 밥 후루룩 잘 먹었는데."

다시 화가 났지만 가까스로 참았다. 내가 잠자코 있으니 엄마가 한 번 더 말했다.

"가서 아빠 깨우래도."

"싫어. 아빠 깨우고 싶으면 아침에 안방 화장실에서 씻어. 그럼 자연스럽게 일어날 거 아냐."

"10분 20분이라도 더 자게 해야지 왜 안에서 부산을 떠니?"

더는 엄마와 얘기하고 싶지 않아서 그냥 아빠를 깨우러 갔다. 안방 문지방을 디디고 선 채로 아빠 일어나, 건성으로 불렀다. 아빠는 눈을 반쯤 뜨고 나를 보다가 별안간 놀란 듯이 일어났다. 순간적으로 내가 경아로 보였던 거겠지. 씁쓸했다.

거실로 돌아와서 자리에 앉아 묵묵히 밥을 먹었다. 음

식이 다 입에 맞아서 짜증 났다. 옷을 갈아입고 나온 엄마가 마주 앉더니 손을 모아 기도를 했다. 일부러 소리 나게 젓가락을 내려놓았다. 엄마의 식전 기도는 원래 그렇게 긴 편이 아니었지만 내가 시비를 건다고 느꼈는지 미간을 찌푸릴 뿐 바로 눈을 뜨지는 않았다.

"수아도 이제 그만 집에 들어오는 게 어떨까?"

기도를 마친 엄마가 꺼낸 첫마디는 그것이었다. 대비를 하지 않았더라면 100퍼센트 짜증이 났을 말이지만, 예상도 되었거니와 대응책도 준비되어 있었기 때문에 은근히 기다리던 말이었다.

"나 1차 붙었어."

"그래?"

엄마는 감사합니다, 감사합니다 아멘, 아멘, 하며 가슴을 문질렀다. 이 또한 예상 범위 내의 일이었다.

"2차 시험이 뭐라고 했지, 면접이라고 했나? 경쟁률이 어떻게 되니?"

"티오 1점 5배수. 수업 실연하고 면접."

"그럼 정장 있어야겠네."

"그런가."

그러고 보니 제대로 된 정장이 없었다. 대학 동기들은

졸업식 앞두고 하나씩 맞추는 분위기였고 서로 어디가 괜찮더라며 정보도 주고받는 모양이었다. 나는 졸업식에 가지 않았다. 4학년 2학기부터 고시텔로 거처를 옮겼고 그때부터 목표는 초수 합격 하나뿐이었다. 정장 맞출 일이 딱히 없었다. 교생실습 때도 그냥 좀 단정하게 세미 정장 스타일로 입고 다녔고, 그걸 문제 삼는 사람은 딱히 없었다.

"빌리지 뭐."

"빌리긴? 선생님 될 사람인데 정장 하나는 있어야지."

생각해보니 입을 일이 생각보다 많을 것 같기는 했다.

"정장값 한두 푼 하는 것도 아닌데."

그렇게 말하니 엄마가 갑자기 울기 시작했다. 내가 무슨 실수를 했는지 짐작이 안 되었다. 마침 출근 채비를 마친 아빠가 안방에서 나왔다. 이렇게 아빠가 반가운 건 초등학교 5학년 운동회 때 이래 처음인 것 같았다.

"너, 엄마한테 뭐라고 했어?"

"내가 뭘 어쨌는데?"

괜한 성화를 부리는 아빠한테 발끈해서 나도 말대꾸를 하니 엄마가 손을 내저었다.

"너희 고모가 조의금을 50을 줬는데,"

"50이나? 웬일이래."

고모는 몇 안 되는 친가 친척 중에서도 제일 짠 사람이었다. 오가며 친척 어른들에게 받은 용돈 자랑을 하는 친구들 앞에서 나와 경아는 늘 고모를 떠올리며 입을 삐죽거려야 했다. 용돈 나올 구석이라곤 아빠 동생인 고모뿐인데 애들 경제관념 잘못된다며 여간해선 세뱃돈조차 주지 않던 사람이라서.

"나도 그 좀생이가 웬일인가 했지. 주면서 한다는 말이 애들 곧 취업하니까 정장값 보태라고 주려던 돈이었대."

엄마가 눈물을 닦고 하, 하고 길게 숨을 돌리며 말했다. 아빠는 이 이야기가 왜 나오는지 몰라 어리둥절하면서도 착잡한 표정이었다. 그 대화가 실제로 이루어질 동안에는 엄마 나름대로 마음이 무너졌겠지만 그건 그냥 감상에 빠지기 좋은 일화에 불과했다. 내가 하고 싶은 이야기는 좀 더 실용적인 차원의 것이었다.

"혹시 경아 사망신고 했어?"

"아직, 아직인데……."

엄마가 또 울음을 터뜨릴까 봐 서둘러 말을 이었다.

"내가 직접 하고 싶은데 나 시험 끝날 때까지만 기다려주면 안 될까? 한 달도 안 남았잖아. 좀 늦게 신고해도 괜찮겠어?"

엄마는 나를 쳐다보더니 고개를 끄덕였다. 차라리 고마운 듯한 표정이었다. 말하자면 윈윈이었지만 경아 일을 두고 그런 생각을 하는 게 괜찮은 일인지 좀 헷갈렸다. 딱히 누가 이기고 지는 게임 같은 것은 아니니까.

얼마간은 대화 없이 서로 숟가락 놀리는 소리만 주고받았다. 나는 최대한 아무렇지 않게 들리기를 바라며 말을 꺼냈다.

"그런데 경아 말이야."

감정을 담지 않으려 애쓰긴 했지만 말끝이 조금 흔들렸다.

"일산화탄소 중독이었다고 하잖아. 어디서 그랬는지 알아? 그니까 어느 동에서 그랬는지 같은 거 말고, 누구네 집이었는지, 뭐 모텔이었는지, 자가용이었는지 같은 거."

엄마와 아빠는 거의 동시에 숟가락을 내려놓았다. 입을 연 쪽은 아빠였다.

"밥 먹는데 그런 얘기는 그만해라."

왜? 비위가 상해?라고 빈정거리고 싶은 걸 참고 말을 이어갔다.

"일산화탄소 중독은 보통 실내에서 일어나잖아. 우리 집에서 그런 것도 아니고, 도구도 이것저것 필요하니까 자유롭게 쓸 만한 공간이 필요했을 텐데…….”

“임수아, 그만하라고 했지.”

이번에는 엄마였다. 일부러 입안에 든 것을 오래 씹으며 엄마를 마주 보았다. 엄마는 또 흐어엉, 하고 울기 시작했다. 또다시 아빠가 역정을 냈다.

“동생이 죽었는데 꼭 그런 식으로 말해야겠니?”

그럼 어떤 식으로 말해야 하는 걸까?

진지하게 묻고 싶었다. 그럼 달리 무엇을 궁금해해야 하는 거지? 엄마랑 아빠는 이런 걸 알고 싶지 않은 걸까? 예쁘고 착한 당신들의 둘째 딸이 어떻게 해서 죽었는지 같은 걸, 정말로, 전혀 생각하고 싶지 않은 건가?

별로 화는 나지 않았다. 엄마 아빠가 이 일에 실질적인 도움을 줄 거라는 기대는 애초에 하지도 않았으니까.

어영부영 숟가락을 내려놓고 방으로 돌아갔다. 현관문이 두 번 열리고 닫히는 소리가 어서 나기를, 그러니까 엄마 아빠가 출근해 집이 비기를 기다렸다. 실제로는 10분이 채 안 되는 짧은 시간이 흘렀을 따름이지만 다시 방 밖으로 나갈 때는 기나긴 복역을 마친 기분이 들었다.

묵은 빨래를 세탁기에 넣어 돌리고 설거지를 해두고 다시 경아 방에 들어가보았다. 밝을 때 보니 밤과는 또 기분이 달랐다. 한쪽 벽면을 자기가 좋아하는 색으로 셀프 페인팅하고 침대 곁에 향초, 디퓨저, 미러볼 무드등을 둔 방. 침대 머리맡에 걸어둔 코르크판에는 경아가 해외 봉사활동을 갔을 때 현지 어린이들과 함께 찍은 사진들이나 평소 후원하던 어린이에게 받은 엽서 따위가 고정되어 있었고, 책상과 일체형인 작은 책장에는 유명 여행작가의 에세이와 여성 CEO가 쓴 자기계발서가 나란히 꽂혀 있었다. 다르게 만났더라면 친구가 되긴 힘든 유형이었겠지. 오히려 좀 싫었을 것 같은 생각마저 들었다. 자매라서 선택의 여지가 없었다. 선택의 여지가 없었기 때문에 우리는 서로에게 유일했다. 감상에 빠져서가 아니라, 실로 그러하다고 느꼈다.

컴퓨터 옆에는 젤리 타입의 비타민이 든 통이 있었다. 뜬금없지만 하나쯤 빼먹는다고 큰일 나진 않겠지 싶은 마음도 있었고, 늘 피곤하다더니 비타민도 꼭 지같이 알록달록한 걸 먹었네 싶어서 별생각 없이 열어보았는데, 색색의 비타민 젤리 대신 하얀색 콩알만 한 알약이 가득했다. 무슨 약인지도 모르는데 가슴이 철렁 내려앉는 느낌이 들었다.

이전에는 단 한 번도 느껴본 적 없는 기분이었다. 따지고 보면 경아의 메일함에 해킹 시도로 추정되는 암호변경 메일이 가득한 것을 보았을 때와 조금 비슷한 느낌이었지만 그것보다 훨씬 충격이 컸다. 이런 건 내가 아는 경아가 아니라는 생각이 들었다. 한마디로 정리할 수 없는 감정이 었지만 굳이 말하자면 그랬다.

책상 서랍을 하나하나 열어보았다. 내가 경아에 대해 몰랐던 것을 가리키는 단서가 하나라도 나와주지 않을까 하는 기대였다. 각각 6개월 전, 2개월쯤 전에 받은 약 봉투 두 개가 겹쳐진 채로 보관되고 있었다. 약 봉투만으로는 진료과목을 알기 어려웠지만 일단은 서로 다른 병원에서 처방받은 듯했다.

맨 아래 칸까지 샅샅이 보았지만 서랍엔 달리 수상한 것이 없었다. 책상 아래 책장을 살피려고 기어들어갔다가 다시 나오던 참에 웬 편지 봉투가 책상 아래에 붙어 있는 것을 보았다. 무슨 편지인지는 둘째 치고 그런 식으로 뭔가를 숨기려는 발상 자체가 경아답지 않았다. 뭔가 석연치 않은 예감이 들었다.

경아의 약통, 약 봉투, 편지를 지퍼백 하나에 담아 가방에 넣었다. 여분 옷을 타폴린 백에 따로 담고 베란다에 빨래를 널었다.

고시텔로 돌아가서 점심을 먹고 나면 오후 일과는 미리 짜둔 루틴대로 보낼 수 있을 것 같았다.

오후 독서실 일과를 30분가량 일찍 마치고 고시텔로 돌아와 스터디 준비를 했다. 잠깐 시간이 남아서 서랍 깊숙이 숨겨두었던 경아 핸드폰을 꺼냈다. 전원을 켜니 문자메시지를 비롯해 갖가지 알림이 주르륵 떴다. 노트북에는 포털사이트를 띄워두고 비밀번호 찾기 버튼을 눌렀다. 경아 아이디를 입력하고 핸드폰을 이용한 본인인증 버튼을 눌렀다. 새 암호를 입력하라기에 잠깐 고민하다가 수경123$을 입력하고 확인 버튼을 눌렀다. 1단계가 끝난 셈이었다.

경아가 주로 사용하던 SNS 앱 차례였다. 개인정보 탭에서 비밀번호 변경 버튼을 누르니 변경을 위해 메일을 전송했다는 메시지가 떴다. 그다음부터는 쉬웠다. 마찬가지로 수경123$를 입력하고 백업 폰에 설치된 앱에서 다시 로그인을 했다. 그것으로 끝이었다.

경아 핸드폰을 끄고 제자리에 넣어두니 8시 5분 전이었다. 역산해보니 암호 재설정에는 10분 남짓밖에 들지 않은 셈이었다.

인터넷 전화 메신저를 켰더니 스터디 가입을 원하는 사람들에게서 온 친구 요청이 떴다. 수락을 누르자 전부 접속 중이어서 바로 방을 만들어 통화를 시작했다.

"안녕하세요. 스터디 모집 글 올렸던 임수아라고 합니

다. 반갑습니다."

인사와 자기소개를 짧게 주고받는 사이 백업 폰에 메시지 팝업이 떴다. 익명이었다.

"애매한 시기에 스터디 시작하는 게 걱정이었는데 충원이 잘되어서 정말 다행이네요……."

말하면서 손으로 백업 폰 잠금을 풀었다. 익명이 보내온 메시지는 다음과 같았다.

왜 바꿨습니까

비밀번호

전화

1회 차 스터디는 무난하게 끝났다.

익명의 메시지 때문에 정신이 아득해져서 잠깐만요, 잠깐만요…… 하는 사이 장수생들이 주도권을 가져간 덕이었다. 다행스러운 일이었다. 꼭 익명의 메시지 때문이 아니어도 막막한 부분이 한둘이 아니었다. 모집이야 내가 하긴 했지만 경험이 없다 보니 어떻게 해야 할지 걱정이었는데, 정보를 많이 가지고 있는 삼수, 사수 차 멤버들에게 조언을 많이 들어서 좋았다. 그 사람들이 아니었다면 버벅거리다가 전화를 끊었을지도 모른다. 30분가량 스터디 계획을 함께 짜고 나머지 시간은 계획대로 했다. 목요일쯤 내가 오프라인 스터디 장소를 잡아 공지하기로 했다. 2차 준비 기간이 별로 남지 않아서인지 별로 어깃장 놓는 사람 없이 쭉쭉 진행되어서 그나마 마음이 놓였다.

이어폰을 빼고 백업 폰이 아닌 내 핸드폰을 꺼냈다. 일전에 캡처해둔 번호, 익명이 경찰을 사칭해 내게 전화를 걸었던 것으로 추정되는, 그 번호로 전화를 걸었다.

"여보세요."

일단은 남자 목소리였다. 완전히 확신이 들지는 않았지만 분명히 들어본 목소리 같았다. 통화로도 듣고 응급실에서도 들었던 목소리.

"수아 씨?"

익명이 확실했다. 너무 뻔뻔해서 화가 났다.

암호를 왜 바꾸었냐는 메시지를 처음 보았을 때는 겁부터 났다. 어떻게 그런 것을 알고 있는지, 대체 뭐 하는 사람인지, 경아와 어떤 관계인지, 한꺼번에 떠오르는 의문들 때문에 머리가 뒤죽박죽이었다. 경악에 분노가 섞이기 시작하자 도리어 흥분이 가라앉아갔다. 당신이 뭔데 내 루틴을 망치고, 당신이 뭔데 나한테 이래라저래라야. 당신이 경아를 알면 뭐, 나보다 더 잘 알아? 전화를 받자마자 내 이름을 되묻는 천연덕스러움은 불난 집에 기름을 붓는 격이었다.

"아저씨. 이름을 모르니까 아저씨라고 부를게요."

목소리만으로 알 수 있는 것은 남자고, 노인은 아니라는 것 정도가 다였다. 나는 심호흡을 하고 말을 이었다.

"저는 솔직히 아저씨가 제일 의심스러워요. 경아가 무슨 일을 당했는지 정확히 알려주지는 않으면서 거기 있었다고 주장하고. 경아 핸드폰으로 직접 연락은 안 하는데 다이렉트 메시지로 말 걸고. 그나마 서로 팔로우되어 있길래 경아랑 친분이 있긴 있었나 보다 했는데, 아저씨가 경아 비밀번호를 알고 있었다고요?"

익명은 아무 말도 하지 않았다.

"맞팔인 거 하나 믿고 아저씨 말대로 경찰에 신고도 안 하고 가만히 있었잖아요. 부검도 못 하고 증거 다 날려먹고. 경아 메일함에 암호변경 메일 수백 통 있는 거 알아요? 그거 다 아저씨가 경아 계정 해킹하려고 한 거 아니에요? 몰래 해킹해서 경아 계정이랑 아무것도 없는 아저씨 계정 맞팔로 만들어놓고 저한테 뻘짓시킨 거 아니냐고요."

"그런 건 아닙니다……."

"제가 경아 비밀번호 바꾼 거 어떻게 알았는지 당장 해명 못 하시면 그냥 바로 112에 신고할 거예요. 지금 동선만 봤을 때 제일 유력한 용의자가 아저씨일걸요. 저만 그렇게 생각하는지 경찰도 그런지 한번 확인해보자고요."

엄포를 놓아도 익명은 말이 없었다. 나도 모르게 목소리가 커졌다.

"아저씨!"

"말하겠습니다. 어차피 믿고 말고는 수아 씨 자유지만……."

익명은 한숨을 내쉬고 말했다.

"수아 씨, 디지털 장례식이라고 들어보셨나요."

뉴스에서 들어본 말이었다. 기억을 더듬으니 어떤 개념인지 어렴풋이 떠올랐지만 그걸 지금 핑계라고 대는 건가, 하는 생각에 다시 화를 낼 수밖에 없었다.

"아저씨. 그건 전문 대행업체나 SNS 본사에서 해주는 거잖아요."

"저도 그렇게 알고 있습니다. 경아가 얘기해줘서 찾아보고 알았지만. 경아가 저한테 부탁한 일입니다. 못 믿으실 것 같아서 지금 메시지 하나 보냅니다."

핸드폰을 귀에서 떼고 도착한 메시지를 확인해보았다. 캡처 이미지였다. 6개월 전쯤 도착한 문자메시지를 캡처한 것이었고, 발신자는 임경아로 되어 있었다. 이미지 최상단에는 통신사와 현재 시간과 배터리 상태가 찍혀 있었다.

만약 저한테 무슨 일 생기면

제가 부탁한 거 꼭 해주셔야 돼요.

제 메일 아이디 거꾸로 하고

앞뒤로 느낌표 두 개예요

!!이렇게요!!

그 앞뒤로는 메시지를 주고받은 흔적이 없었다. 삭제한 것인지 그것 하나만 받은 것인지 잘 모르겠다는 생각이 들었다. 적어도 조작된 이미지는 아닌 것 같았다. 조작할 만한 시간이 충분하지 않았다.

"맹세코 경아가 알려준 정보로 의심스러운 짓 하지 않았습니다. 방금 로그인해보려고 하니까 안 되길래 수아 씨가 그랬구나 싶어서 물어보려던 거였습니다."

"비밀번호 뭐, 알려줬으면 알고나 계시지 로그인은 왜 해봤는데요? 마침 지금 막 디지털 장례식인지 뭔지, 그거 하려고 하셨어요? 아니죠, 틈만 나면 경아 아이디로 접속해본 거죠?"

"경아가 부탁한 건 일이 끝나면 틀림없이 할 생각입니다."

부연 설명 없이도 익명이 말하는 '일'이 무엇인지 알 것 같았다. 익명은 계속 말을 이어갔다.

"이런 부탁까지 하지는 않았지만 경아라면 제가 이렇

게 행동하는 걸 이해해줄 겁니다."

누군지도 모르는 아저씨가, 경아가 내게는 보여준 적 없는 어떤 면을 이야기하는 게 너무 짜증이 났다. 경아라면 이해할 거라니, 경아와 자기의 유대가 얼마나 특별했는지 나한테 과시라도 하는 건가. 한편으로는 내게 짜증 낼 권리, 권리라는 말이 조금 거창하지만, 그런 게 있는지 헷갈리는 마음도 있었다. 이유는 모르겠지만 경아는 사후에 자기 SNS를 정리해줄 가장 믿음직한 사람으로 이 사람을 택한 것이다. 그런 사람에게 함부로 화를 내도 되는지 모르겠다는 생각이 들기 시작했다.

"아저씨한테 새 암호 알려줄 생각은 없어요."

"수아 씨는 어떻게 하고 싶은 겁니까?"

이번에는 내 말문이 막혔다.

"저는…… 외람되지만 수아 씨가 저를 도와줄 분이라고 생각했는데."

"누가 누구를 도와요."

"제 생각도 그렇습니다."

이마를 짚은 채로 책상에 기대어 있었다. 어떻게 하고 싶냐니. 단순한 문제가 아니었다. 나도 익명도 아무 말도 하지 않는 채로 몇십 초가 흘러갔다. 방문 노크 소리가 들렸다.

"아저씨, 제가 조만간 다시 연락드릴게요. 연락 피하지 마세요."

익명의 대답은 듣지 않고 전화를 끊었다. 방문을 열어보니 동그란 안경을 쓴 여자가 팔짱을 끼고 삐딱하게 서 있었다.

"옆방인데요. 여기 고시텔인 거 알고 계시죠?"

그간 느낀 바로는 어마어마하게 예민한 사람이었던지라 순해 보이는 인상에 한 번 놀랐고, 인상하고 관계없이 만만찮은 말투에 또 한 번 놀랐다.

"통화 소리가 그렇게 시끄러운지 몰랐어요. 죄송합니다."

"웬만하면 참겠는데 거의 세 시간 가까이 하셨잖아요. 좀 집중하려고 하면 소곤소곤소곤소곤⋯⋯. 사람이 미치는 데에 별 계기가 없어요. 이런 일로 미치는 거예요."

"제가 시험이 얼마 안 남아서 전화 스터디가 꼭 필요해요. 매일 어디 나가서 하기도 애매하고 아주 심야도 아니니까 조금만 양해해주세요. 귀마개 같은 거 필요하시면 제가 사드릴게요."

옆방 사람은 하! 하고 어이없다는 듯이 웃었다. 하! 하고 입에서 튀어나가는 말풍선이 눈에 보일 듯한, 만화처럼 뚜렷한 제스처였다.

"귀에 염증 잘 나는 편이라서 귀마개 못 하고요. 공동 생활 공간에서 조용히 하기 어려우시면 공동생활이 안 맞는 거 아닐까요?"

내 잘못뿐은 아니라는 생각이 문득 들었다.

"공동생활이면 불편 조금씩은 감수해야죠. 제가 엄청나게 심야에 통화를 한 것도 아닌데 너무 예민하신 거 아닌가요. 어차피 새벽 3시까지 안 주무시잖아요. 그쪽분 청력이 예민한 걸 제가 어떻게 감안해야 할까요. 제가 이불만 좀 풀썩거려도 벽 쿵쿵 두드리시고요. 저도 그쪽방에서 나는 소리 들려요. 근데 제가 벽 한 번이라도 두드린 적 있나요. 독서실 말고 생활 공간에서도 소음이 신경 쓰이실 정도면 그거야말로 공동생활이 안 맞는 거 아닌가 싶은데요, 저는."

앞방 사람이 나와서 나와 옆방 사람 사이를 지나쳐 계단 쪽으로 갔다. 고시텔 복도는 언쟁을 벌이기엔 너무 좁았다.

"아무튼 좀 주의해주세요."

옆방 사람은 내 대답을 듣지도 않고 횡 자기 방으로 들어가버렸다. 참 나 이 미친년이…… 기어이…… 하는 탄식이 입 밖으로 흘러나오지 않도록 나도 얼른 방으로 들어와

문을 닫았다.

지기 싫어서 있는 말 없는 말 다 하긴 했지만 원한을 쌓아두는 건 좋지 못한 일이었다. 특히 옆방 사람처럼 극도로 예민하고 이기적인 사람한테 잘못 걸리면 무슨 일을 벌일지 알 수 없는 노릇이었다. 안 그래도 신경 쓸 일이 많은데 적을 늘리면 피곤해질 것이 뻔했다.

자기 전에 스터디 중 메모한 것과 오늘 공부한 것을 정리해서 서머리 페이지를 만들어두어야 하는데 집중이 잘되지 않았다. 그렇다고 잠이 바로 오는 것도 아니었다. 지끈지끈 아픈 머리를 문지르면서 두통약을 찾았다.

자매

중학교 때까지는 경아와 같은 학교에 다녔다. 초등학교 때까지는 별일 없는 한 등하교도 함께했다. 물론 유치원도 같이 다녔다. 내가 여섯 살, 경아가 다섯 살일 때부터. 내가 유치원에 가고 없으니 경아가 종일 울기만 해서, 하는 수 없이 덩달아 등록시켰다고 한다. 그때는 집안 형편이 지금보다 못해서 두 명 치 원비가 부담스러웠지만 경아가 하도 유난스러워서 어쩔 수 없었다고. 그렇게 유치원에 다니게 되어서도 경아는 자꾸 울었다. 언니랑 같은 반 하고 싶다는 게 이유였다. 경아가 있는 병아리 반에서는 끊임없이 울음소리가 났고 내가 속한 파랑새 반에서도 그 소리는 아주 잘 들렸다. 적으면 네 살, 많아야 다섯 살짜리들이 모여 있는 곳이니 돌아가며 울음을 터뜨리는 거야 당연하다면 당연한 일이었지만, 거짓말 같게도 나는 병아리 반 애들의 울음소리들 속에서 경아의 목소리를 구분해낼 수 있었다. 듣고 있자면 아주 애달프고, 물론 그때는 애달프다 같은 표현은 알지도 못했지만, 나까지 울음이 날 것처럼 코언저리와 귀밑이 시큰시큰해지는 소리였다. 그게 너무 싫었다.

빨리 초등학생이 되어 경아에게서 벗어나고 싶었지만 나 없이 유치원에 다닐 경아가 걱정되기도 했다. 내가 없으면 현장학습도 안 가려고 하는 아이, 다리가 안 펴진다고 재롱잔치 무대에도 못 올라가는 아이, 경아는 그런 애였다. 현장학습, 생일파티, 재롱잔치, 친해지고 싶은 아이를 아무리 점찍어놔도 결국은 경아 손만 붙잡고 다녀야 했다.

나란히 초등학교에 다니게 되면서는 사정이 한참 나아졌다. 나 없이 유치원에 다니는 동안에 경아는 제법 의젓해졌고, 유치원 졸업 전에는 재롱잔치 단독 사회를 맡는 영예까지 거머쥐었다. 그간 나도 친구를 원 없이 사귀었다. 무릇 학부모들이란 자기 자식이 되도록이면 공부 잘하는 아이와 사귀길 바라는 법이니까. 학교에서 평가 대상으로 삼는 일 중 내가 두각을 드러내지 못한 분야는 없었다. 시험지는 올백, 숙제 한 번 잊은 적 없고, 달리기 빠르고 그림도 제법 그리고, 하다 하다 리듬악기마저 느낌 있게 친다고 칭찬을 받았다.

한 해 지나 우리 학교에 따라 들어온 경아도 곧 나의 대단함을 알아차린 것 같았다. 짝하고 작은 말다툼을 하다가 우리 언니 임수아거든?이라고 해서 이겼다고 내게 자랑한 게 기억난다. 물론 경아의 짝은 임수아라는 이름을 듣고 외경심을 느꼈던 게 아니라 아무 저명성도 없는 이름이 갑자기 무척 권위 있는 양 언급되니 황당해서 말문이 막힌 것이었겠지만, 나와 경아에게 이 일은 제법 상징적인 사건으로 남았다. 임경아는 임수아 동생이니까, 임수아에게는 자기를 그렇게 믿어주는 임경아가 있으니까, 우리는 되게 중요하고 강한 사람들이 된 것 같았다. 누구나 그렇겠지만 그 나이 무렵에는 더더욱, 스스로를 특별하게 생각할 근거가 필요하다. 경아와 나는 서로를 특별하게 여길 근거였다. 거창할 것 없이 실로 그러했다.

　경아의 키가 내 키를 따라잡은 건 초등학교 5학년 겨울방학 때였다. 이즈음부터는 처음 만난 사람이 나보다 경아를 언니로 보는 일도 적잖이 생겼다. 내겐 별 감흥을 불러일으킬 것 없는 일이었는데 경아는 꼭 얼굴을 빨갛게 물들이곤 했다. 이따금 나와 경아를 번갈아 보면서 언니가 공부도 잘하고 얼굴도 예뻐서 동생이 샘나겠다, 이런 식으로 말하는 사람들도 있었다. 큰애가 머리가 좋다는 건 부모님한테서 들었겠고, 둘 중에 언니로 보이는 쪽은 경아니까, 애가 공부 잘한다는 큰애구나 한 것이겠지. 그런 사람들에게는 이쪽이 언니라고 굳이 정정해주기도 민망했다. 처음 한두 번은 묘하게 기분이 나쁘기도 했지만 몇 번 그러니까 어른들 중에도 생각이 짧은 사람이 있구나, 있는 정도가 아니라 꽤 많구나 하는 감상 정도만 남았다.

그전까지는 경아와 나를 비교한 적이 없었다. 그런 발상을 떠올리지도 못했던 것 같다. 비교가 가능하다는 것을 일깨워주는 사람들이 자꾸 나타나니 오히려 경아는 경아고 나는 나라는 생각이 뿌리 깊게 자리 잡아갔지만, 그 때문에 경아가 미워지거나 하지는 않았다.

일어나자마자 핸드폰을 들고 옥상으로 올라갔다.

옥상은 빨래를 널 수 있게 개방되어 있었고 출입구 옆에 공용 빨래 건조대도 놓여 있었지만 실제로 옥상에 빨래를 너는 사람은 별로 없었다. 계절이 겨울인 것도 한 가지 요인으로 볼 수 있겠지만 근본적인 원인은 옥상이 공공연한 흡연 구역인 탓이었다. 아직 어두운데도 담배를 피우는 사람이 두엇 있었다.

담배를 피우는 사람들과 제일 멀리 떨어진 모서리로 가

서 익명에게 전화를 걸었다. 익명은 전화를 바로 받지 않았다. 자고 있는 건가, 내 전화를 피하는 건가? 전자의 가능성이 압도적이지만 전날 통화를 마칠 때 내 연락 피하지 말라고 했던 게 아무래도 마음에 걸렸다. 받을 때까지 다시 걸어야 하나? 그렇지만 익명과의 통화 기록을 많이 남기는 게 괜찮은 일인가? 잠깐 망설이는 사이 031 지역번호로 전화가 걸려왔다. 모르는 번호였지만 익명일 거라는 확신이 들었다.

"여보세요?"

"네, 수아 씨."

이유는 모르겠지만 고맙다는 느낌이 우선 들었고 내가 왜 이 사람에게 고마워해야 하나 하는 생각이 후다닥 뒤따라왔다.

"경아를 어떻게 병원으로 옮겼는지 제가 납득할 수 있게 설명해보세요. 그럼 아저씨 믿을게요."

"옮긴 건 제가 아닙니다. 이미 알고 계시는 줄 알았는데요. 저는 구급차를 부른 다음 제 차로 돌아가 있었습니다."

물론 나는 물리적인 수단을 물어본 게 아니었다. 익명이 전달하려 하는 정보보다는 익명이 말하는 방식이 중요했다. 이 사람이 거짓말을 하고 있는지 아닌지를 판별하기 위해서라면.

"그때 아저씨랑 경아는 어디에 있었는데요?"

익명은 잠시 대답이 없었다.

"머리 굴리지 마세요. 저 언제든 아저씨 신고할 수 있어요."

"강변에 있었습니다."

경찰을 들먹이자 익명은 즉각적으로 반응했다. 그럴수록 수상하다는 걸 모르는 것처럼.

"동네를 물어보는 게 아니잖아요. 강변에서 산책하다가 그랬겠어요? 사방 확 트인 데에서?"

"사진을 보셔서 아시는 줄 알았습니다. 경아는 누군가의 차에 타고 있었어요."

나는 익명이 보내줬던 초점이 흔들린 사진을 떠올렸다. 모자를 쓰고 있는 사람들의 뒷모습. 익명의 말을 토대로 상상한 배경을 덧붙여 공간을 확장해보았다. 한강 인근 어느 주차장에 서 있는 차와 그 앞에 둘러선 모자 쓴 남자들.

그 사람들은 거기서 뭘 하고 있었는데요?

이런 건 하나 마나 한 질문이었다. 그들이 경아를 구해주려고 거기 있었던 것은 아닐 테니까.

"그게 누구 차였는데요?"

보다 중요한 질문은 이것이었다. 익명은 또다시 말이 없어졌다. 다시 한 번 경찰을 언급해야 하는지 고민이 되었지만 협박도 너무 남발하면 좋지 않다는 생각에 나도 말을 쉬었다. 그러고 보니 신고가 그 자체로 '협박'이 될 수 있다는 사실이 이상해서 내 머리까지 돌아버릴 것 같은 생각이 들었다.

익명은 이렇게 말하고 전화를 끊었다.

"경아에게 관심을 좀 더 기울이시면…… 알게 될 겁니다."

이런 씨발.

화는 났지만 할 말이 없었다. 순간적으로 걷잡을 수 없이 화가 나서 다시 전화를 걸어 쌍욕을 퍼부어줄까, 아니면 그대로 신고 전화를 해버릴까, 이런 생각들을 했지만 참았다. 참고 참으면서 마지막 말에서 추출할 수 있는 정보에 대해서만 생각하려 애썼다. 관심을 좀 더 기울이면 알 수 있다는 건 차 주인이 경아에게 낯선 사람이 아니라는 의미다. 모자 쓴 사람들이 억지로 경아를 차에 태워 질식시킨 게 아니라는 뜻이다.

동시에 그건 표면 그대로, 내가 그동안 경아에게 충분

히 관심을 갖지 않았다는 이야기이기도 했다. 화가 난 것은 익명이 멋대로 전화를 끊어서가 아니라 그 말 때문이었다. 그렇지만 지금 내가, 좆같은 소리를 한 익명에게 화가 난 것인지 그 말 그대로인 나 스스로에게 화가 난 것인지 헷갈리는 이상은, 익명에게 다시 전화를 걸어 화를 내는 것도 무의미한 일일 듯했다.

옥상 모서리에 쪼그리고 앉은 채로 익명이 전화를 걸어온 031 번호와 지역번호 검색 결과를 차례로 캡처했다. 손이 시렸지만 통화할 곳이 한 군데 더 있어서 아직은 옥상을 떠날 수 없었다.

약

시간을 쪼개서 누굴 만나자니 점심 약속을 잡는 게 제일 무난했다. 오후 공부 시간에 손해가 조금 날 수도 있지만, 더 늦거나 더 이른 시간보다는 감수해야 할 부담이 훨씬 적은 시간대였다. 11시 반쯤 오전 공부를 접고 나와서 9호선을 탔다. 12시 좀 넘어서 역 바깥으로 나오니 길바닥에 사원증 없이 다니는 사람은 나 하나밖에 없는 것 같았다. 엉거주춤 서 있다가 기다리던 얼굴을 발견했다.

"어이!"

거의 동시에 그쪽도 나를 본 모양이었다. 부끄러움도 없이 큰 소리로 어이, 하며 내게 달려오는 그 애의 목 언저리에서도 사원증 줄이 찰랑거렸다.

"수라이!"

수라이는 개가 내게 붙여준 별명이었다. 고등학교 1학

년 때 딱 한 번 같은 반이었지만 3년 내내 지겹게 붙어다니던 애였다. 임수아 또라이라는 말을 줄여서 수라이라고 부르는 주제에 애칭이라고 우겼고, 나는 그 말을 들을 때마다 응 약빤년, 이렇게 받아쳤다. 약빤년은 대학교에 가면서 약대년으로 진화했고, 맡겨놨던 자기 자리를 찾듯 자연스럽게 제약회사에 들어갔다.

"마침 잘 만났다 도라이수라이. 내가 요새 너무 궁금하던 게 있었거든?"

약대는 고등학교 때처럼 스스럼없이 팔짱을 끼며 재잘거리기 시작했다. 마지막으로 본 게 언제였나, 대학교 3말 4초쯤이었던 것 같은데. 그러니까 한 2년 만에 만나는 거라서 회사는 다닐 만하냐, 뭐 어떻게 지냈냐, 이런 어색한 것을 물어야 할까 봐 내심 걱정이었는데.

"나도 물어볼 거 있는데."

나는 외투 주머니에 넣어둔 지퍼백을 만지작거리며 대꾸했다.

"나부터 물어보면 안 돼?"

약대는 똥 마려운 강아지처럼 끙끙거렸다. 이걸 지금 애교라고 피우는 건가? 별로 호소력은 없었지만 노력은 가상했다.

"너부터 해."

"딱 대답해줘야 돼. 내가 아는 사람 중에 제일 논리적인 애가 너거든."

"됐고. 뭔데 그렇게 뜸을 들여?"

뭔지는 모르지만 나만큼, 아니 어쩌면 나보다 심각한 것을 물어볼까 봐 겁이 나기 시작했다. 약대의 표정이 심상치 않았다.

"좀비가……"

잔뜩 긴장했던 것이 단숨에 풀려서 나도 모르게 욕부터 튀어나왔다.

"미친년이 2년 만에 만나서 한다는 소리가 좀비?"

"아, 좀 닥쳐봐. 존나 진지하거든?"

"뭔데, 미친년아."

"좀비, 똥 싼다 안 싼다?"

어이가 없었다. 어디로 가는지도 모르고 팔짱 낀 약대를 따라 걷던 발이 그 자리에 딱 멈췄다.

"빨리 딱 말하라고."

약대가 어리광을 피우듯 팔다리를 동동거렸다.

"미친년 진짜 닉값하네."

내가 툭 내뱉은 말에 약대는 세 배 네 배로 난리를 쳤다.

"네? 무슨 년이요? 저기요. 님 지금 좀 똥오줌 못 가리시는 것 같거든요? 제가 님 불러낸 거 아니구, 님이 저한테 만나자고 했거든요? 저 존나 비.싸.거.든.요?"

속사포 같은 약대의 헛소리에 그만 헛웃음이 나왔다.

"하여튼 예나 지금이나 똥 존나 좋아하는구나."

"응. 그래서 카레 먹으려구."

"너 또 똥 먹는데 카레 얘기하지 마라 이러려고 그러지."

고등학교 때 약대는 급식에 카레만 나오면 무슨 만화에 나온다는 성대모사를 하면서 똥카레 타령을 했다. 이 유치찬란한 계집애가 이과 전교 1등인 게 우리 학교의 불가사의 가운데 하나였다.

"근데 듣고 보니 궁금하다, 진짜. 좀비는 똥을 싸는 거야 안 싸는 거야?"

조금 맞장구를 쳐주니 약대는 엄청나게 기뻐했다.

"그치? 취식을 한다는 게 소화기관이 운동을 한다는 거잖아. 소화기관의 시작이 입이라면 끝은 직장인데 먹은 게 다 어디로 가겠냐고."

"뭐 소화기관이 변이를 일으켜서 먹은 게 완전 연소가 되나?"

"살 존나 빠지겠다."

약대의 예고대로 프랜차이즈 카페 가게에 들어갔다. 오늘 점심은 먼저 취업한 자기가 살 테니 시험 합격하면 너도 쏘라고 한 참이었다. 약대는 원래 자주 다니던 가게인 듯 익숙한 태도로 갖가지 토핑을 고르더니 내게도 같은 메뉴를 추천했다.

"넌 어째 임고 하면서 얼굴이 나아진 것 같다."

"나아 보여?"

나는 경아를 떠올렸다. 묘한 기분이 들었다. 내 표정을 읽었는지 약대가 다시 물었다.

"무슨 일 있어?"

"경아가……."

"동생? 나 걔 기억나. 리아라고 개명했다고 하지 않았나? 우리 동기 여자애들 중에 네 동생 팔로우하는 사람 되게 많다. 완전 셀럽이더라, 걔."

"죽었어."

예고도 없이 눈물이 났다. 말하고 나서야 내가 지금까지 한 번도 '경아'라는 이름과 '죽다'라는 단어를 연결해서 말한 적이 없다는 사실이 떠올랐다. 적어도 내 입으로는 그 말을 하고 싶지 않다는 마음이 늘 있었기 때문에. 수다스러운 약대에게 돌려서 말하기는 쉽지 않을 것 같아서 딱 잘라 말하고 보니, 어렵사리 지켜온 무엇인가가 한순간에 끊어지고 무너진 듯한 느낌이 들었다. 약대가 당황할까 봐 짐짓 아무렇지 않은 척, 아 갑자기 코피가 나네 하는 태도로 냅킨을 뽑아 눈물을 닦아냈다. 한동안 아무 말도 하지 못하고 나를 마주 보던 약대가 어렵게 입을 뗐다.

"한 일주일? 2주일? 전에도 글 올렸잖아······."

"얼마 안 됐어. 2주 좀 안 된 것 같다."

"왜 말 안 해줬어. 가서 뭐라도 거들었어야 하는데."

"경황이 없었어. 엄마 아빠 아는 분들만 좀 다녀가시게 하고, 경아 친구들한테도 연락 못 했어. 인터넷에 퍼지면 별로 안 좋을까 봐."

"어차피 언젠가는 다 알게 될 텐데 왜 그랬어."

"생각할 시간이 별로 없었어."

갑자기 약대가 울기 시작했다. 걔가 우니까 나도 그쳤던 눈물이 다시 나기 시작했다.

"그럼 적어도 만나자마자 말해주지, 내가 좀비 똥 타령하는 거나 그냥 듣고 있었냐? 미친년아."

"왜 나한테 욕하고 지랄이냐? 그게 내 잘못이냐?"

다른 손님들이 우리가 앉은 테이블을 힐끔힐끔 쳐다보

왔다. 약대가 큰 소리로 똥이라고 해서인지 둘이 엉엉 울어서인지 헷갈렸다. 굳이 따져보면 둘 다일 것 같았다. 마침 주문한 음식이 나와서 어찌어찌 울음을 그쳤다.

밥 먹고 약대네 회사 1층 카페에서 경아 방에서 찾은 물건들을 보여주었다. 약대는 날씨도 추운데 아이스 아메리카노를 쪽, 빨아들이고 하나씩 짚어가며 이야기를 했다.

"이건 약이다."

"약인 건 나도 안다."

"우울증 약이다."

나는 입을 다물었다.

"성분만 보면 관절염에도 효능이 있는데 의사 처방전 없이 살 수 있는 우울증 약으로 더 유명해. 불면증 치료에도 효과 있고."

경아는 관절염이나 우울증이나 불면증을 가지고 있던 모양이다. 내가 알던 경아는 그 세 가지 질환 중 무엇과도 어울리지 않고, 굳이 셋 중 뭐가 있었을지를 고르자면 관절염이 차라리 가능성 있지 않을까 싶었다.

생각하다 보니 내가 알던 경아, 라는 이미지가 진짜 경아를 이해하는 걸 방해하고 있었다. 경아가 아니라 내가 잘 모르는 어떤 20대 초반 여자에 대한 이야기라고 상상하며 들으면 오히려 이해가 쉬웠다. 한국에 사는 성인 여자한테 우울증 있는 게 뭐 놀라운 일이라고.

"처방전 없이 살 수 있는 거면 심각한 건 아니지?"

"글쎄 모르지, 대학교 후배 중에도 이거 먹는 애 있었는데 개는 병원 오래 다니다가 병원 약 끊는 중간 단계에 이거 먹었어."

약대는 자연스럽게 약 봉투를 가리켰다.

"이거. 이게 신경정신과 병원 약 봉투야."

6개월 전 일자가 박힌 병원이었다.

"어떻게 알아?"

"대학병원 같진 않은데 원내 처방했으면 신경정신과일 확률 높아. 봐봐, 봉투에 약국 이름 말고 병원 이름 써 있잖아. 그게 원내 처방했다는 뜻이고, 병원 이름에 뭐 신경정신과라고 적혀 있진 않은데 의사 이름 들어 있는 거 보면 개인병원 같지."

그러고 보니 그랬다. 2개월 전 약 봉투에는 약국 이름이 새겨져 있는데 6개월 전 약 봉투는 병원 이름으로 되어 있었다.

"내 생각엔 한 번 가서 길게 처방 한 번 받고 그다음부터는 이 비타민 통을 직구한 것 같아."

약대는 다시 비타민 젤리 통을 들어 흔들었다. 안에 든 흰 바둑알 같은 약들이 잘그락거렸다. 6개월 전 약 봉투에는 2주 아침저녁 복약을 권하는 표시가 되어 있었다. 약대의 추론대로일 것 같았다.

"다음은 이게…… 이게 좀 그런데."

"왜?"

약대는 봉투에서 약들을 끄집어냈다.

"이틀 치라고 쓰여 있는데 약 다 그대로 있는 거 보이지."

"안 먹을 약을 왜 처방받았지?"

약대는 아메리카노를 또 쪽 하고 빨아들이고는 약 봉투 옆에 인쇄된 약 이미지들을 하나하나 짚어 보였다.

"초기 임신부 처방 같아. 임신 초기에 컨디션 안 좋아서 감긴가, 하고 병원 가는 사람 많거든. 이거 다 철분제랑 영양제야."

어떤 반응을 보이면 좋을지 모르겠어서 웃었다. 조금 실없어 보일 만큼 히죽 입을 찢으며 에이, 우연 아닐까 하고 되물었다. 그냥 애가 몸이 약해서 약을 살살 썼을 수도 있지. 임신부는 무슨 임신부야, 남의 동생한테 웬 개소리야. 우울증까지야 그러려니 하겠는데 그건 좀 너무 간 거 아닌가.

"약간 넘겨짚은 건 맞아. 이거 때문에."

약대가 지퍼백에 들어 있던 편지 봉투를 꺼내며 말했다.

"그건 너 보여주려고 가져온 거 아닌데……."

"잘 가져왔어. 이것도 약이거든. 이거 뜯는다."

약대는 나한테 허락을 구하지도 않고 봉투를 뜯었다. 안에서 조그맣고 하얀 알약이 여러 개 나왔다. 복약 안내문인지 뭔지 종이도 여러 장 들어 있었다.

"이게 우리나라에서는 유통이 불법이야. 낙태약이라서."

"경아한테 왜 이런 게 와?"

"얘네는 일종의 NGO 단체인데, 낙태가 불법인 나라에서 간절히 낙태를 원하는 초기 임신부들한테 이 약을 보내줘. 인터넷에 보면 비슷한 거 판다는 업체 꽤 있는데 그런 데서는 물뽕 같은 것도 팔거든? 그런 건 못 미덥지, 아무래도. 이거는 NGO 단체에서 약을 구입하는 게 아니고 기부한 다음에 기부 리워드로 약을 받는 거야. 신뢰도는 이게 훨씬 낫지. 자기 얼굴 까고 게시판에 사용 후기 올리는 사람들도 많고. 본인이 직접 단체 홈페이지에 접속한 다음 본인 신용카드 정보 입력해서 진행하는 절차야. 그러니까 경아가 직접 했을 거야."

나는 이 편지가 경아의 책상 아래 붙어 있었다는 사실을 상기했다. 엄마나 아빠가 그렇게 했을 리가 없다. 경아가 직접 한 일일 것이다.

　　한동안 아무 말도 못 하고 앉아 있었다. 1층 로비가 조용해졌음을 알아차린 것도 한참 뒤의 일이었다. 점심시간이 끝난 것이었다. 약대는 그동안 꼼짝 않고 나를 지켜보고 있었다.

　　"미안…… 내가 정신이 없어서."

　　"왜 사과하냐. 내가 더 미안하다 야."

　　"니가 나한테 왜 미안해. 내가 너한테 고마워해야지."

　　주거니 받거니 사과를 하다 보니 분위기가 어색해졌다. 수라이와 약빤년은 이런 사이가 아니었다. 약대도 곧 그걸 느낀 듯했다.

　　"시발 맞네. 나 아직도 개막내인데 니 때문에 배짱 복귀하게 생겼으니 니가 나한테 미안해야지. 생각해보니까 좆같네."

　　"부장님인 척하면서 들어가면 되잖아."

　　"사수가 나 엄청 갈구는데 진짜. 껀수 잡았다고 여어이 부장님 점심 맛있게 드셨습니까 하겠다."

　　"빨리 들어가. 내가 나중에 연락할게."

약대는 목에 걸린 사원증으로 출입 패스를 찍고 손을 흔들며 들어갔다. 웃으며 나도 손을 흔들었지만 마음이 편치 않았다.

지하철을 타고 돌아오는 길에 또 울음을 터뜨렸다. 카레집에서 울던 것을 회상할 때부터 이미 눈물이 날 것 같았고, 카페에서 들은 얘기를 복기하는 동안에는 오히려 견딜 만했다. 경아의 임신 가능성을 생각하는 동안에는 이유를 설명하기 어려운 화가 났고, 끝내, 경아가 무슨 일을 겪었든 이제는 상관이 없다는 사실에 생각이 닿자 비로소 눈물이 나기 시작한 것이었다. 경아에게 일어난 일은 이미 하나도 돌이킬 수 없게 되었고, 그건 경아에게 일어난 마지막 사건 때문이었다.

#

스스로 뺨을 때려가면서 독서실에 갔다. 회원 카드로
입실 인증을 받고 심호흡을 하며 여자 열람실로 들어갔다
가 곧바로 다시 나왔다. 눈물이 자꾸 나서 호흡이 가빠졌고
코를 훌쩍거리는 소리가 열람실 안에서는 너무 크게 들렸
다. 독서실에서는 책장만 좀 요란하게 넘겨도, 볼펜 버튼을
두 번 넘게 누르기만 해도 포스트잇 쪽지가 날아왔다. 고
시텔 옆방 사람이 자판기 커피급으로 미친 사람이라고 치
면 독서실 사람들은 핸드드립 커피만큼 미친 것 같았다. 받
아본 쪽지 중 제일 황당했던 것은 '되도록이면 볼펜, 열람
실 밖에서 누르고 들어와주세요'였는데, 너무 어이가 없어
서 경아한테도 사진을 찍어서 보냈고, 경아는 'ㅋㅋㅋㅋㅋ
ㅋㅋㅋ'라는 답장을 보낸 다음 그 사진을 인터넷에 올렸다.
그즈음에 휴게실에서 가끔 날 째려보는 사람이 하나 있었

는데 아무래도 그 사람이 그 황당한 쪽지를 보낸 것 같았
다. 경아가 올린 사진을 본 모양이었다. 다행히 그 분기가
지나가기 전에 그 사람은 독서실에서 사라졌다. 준비하던
시험에 합격한 것인지 고배를 마셔 포기한 것인지, 이도 저
도 아니고 그냥 노크식 볼펜의 또각거리는 소리가 싫었던
것인지, 알 수 없는 일이었다. 이 일을 떠올리니 기분이 조
금 나아졌다.

오후 공부를 마감하고 고시텔에서 저녁을 먹은 다음
노트북을 가지고 나왔다. 일하던 카페로 가보니 매니저 언
니는 없었고 나와 비슷한 시기에 일을 시작한 아르바이트
생과 내 후임으로 들어온 신입이 근무 중이었다. 일할 때부
터 느낀 것처럼 저녁 시간에는 손님이 별로 없었다. 아메리
카노 한 잔을 사서 받아 들고 구석 자리로 가 이어폰을 꼈
다. 테이블이 작아 공부하러 오는 사람이 별로 없는 게 내
게는 고마운 일이었다. 노트북 하나, 수첩 하나 두고 8시부
터 스터디를 시작했다. 주변에 사람들이 좀 있으니 도리어
집중이 잘되는 것 같았다. 마무리쯤에는 급하게 만든 스터
디 치고 우린 꽤 괜찮은 것 같다며 멤버들 모두 자화자찬을
했다.

나온 김에 한 시간 정도 경아 SNS를 보다가 들어갈 마음을 먹었다. 고시텔에서는 되도록 잠자기 30분 전 정리 공부만 하고 딴짓은 밖에서 하고 들어가는 게 분위기 조성에도 좋을 것 같다는 판단이었다.

백업 폰 앱을 켜보니 뭔가 위화감이 느껴졌다. 30.2K였던 팔로어가 32K로 늘어 있었다. 가장 최근 글의 댓글 개수는 999+였다. 댓글이 천 개를 넘어가서 카운트의 의미가 더는 없게 되었다는 표시였다. 혹시나 하는 마음에 최근 댓글 보기 버튼을 탭해보니 전부 '삼가 고인의 명복을 빕니다'였다.

약대의 짓이 분명했다.

포털사이트에 검색해보니 몇몇 인터넷 언론사에서도 기사를 올려두고 있었다. 기사 등록 시간이 불과 세 시간 전, 저녁 7시경이었다.

SNS 스타 '봉사녀' 임리아 사망, 추모 물결 이어져
'#리아야_사랑해' 해시태그 추모... 미모보다 빛난 선행
'천사가 하늘로 돌아갔대요'... 임리아 사망 뒤늦은 소식

화를 참으며 기사들을 꼼꼼하게 보았다. 정확한 사망

경위는 알려지지 않았다, 뒤늦게 팬들의 안타까움을 자아내고 있다, 평소 꾸준한 봉사와 기부 활동을 해왔다, 가족 및 가까운 지인의 참여로 소박한 장례식을 치렀다…… 정확히 어디까지 알고 쓴 것인지 알 순 없지만, 기사는 억측이라고만 볼 수도 없는 문장들로 되어 있었다. 약대를 탓할 수는 없었다. 소식이 확산되는 과정이 눈에 보일 듯했다. 일터에 복귀한 약대가 입을 털었겠지. 친구 동생이 임리아인데 걔기 얼마 전에 죽었다더라, 방금 그 친구 만나고 오는 길이다, 갑자기 그렇게 되어서 너무 안됐더라. 경아를 팔로우하고 있다는 약대의 동기들이 그 소식을 재빨리 여기저기 전했을 테고. 하긴 약대는 이걸 '어차피 알려질 일'이라고 했다. 틀린 말은 아니라는 걸 나도 알고 있었다. 전혀 화가 안 나는 것은 아니지만 약대가 오늘 보여준 성의와 그간의 친분을 생각하면 참을 만했다.

그나마 불행 중 다행인 부분은, 약대가 내가 보여준 경아의 소지품에 대해서는 아무 말도 하지 않은 듯한 점이었다. 젊은 여성 SNS 셀럽의 사망이라는 점이 다소 자극적이긴 하지만 그게 화제의 전부였다. 잘만 하면 며칠, 며칠이 뭐람, 오늘 자정 넘기기도 전에 관심이 사그라들 것도 같았다.

기사 하나가 유독 댓글이 많길래 공감순으로 펼쳐서 보았다. 대부분 시쳇말로 선플이었고 '얘가 누군데?' 하는 식으로 어리둥절해하는 댓글도 적지 않았다. 그런 아무래도 상관없는 댓글들보다는 몇 안 되는 악의적인 댓글에 더 눈이 갔다. 선플은 다수인 만큼 추천 횟수도 고만고만했지만 악플은 반대 횟수만큼 추천 횟수도 많았다.

임리아 얘 겉으로만 웃고 친한 척하지 사람 가리던 X년. 특히 남자 얼굴 개따짐. 남자연예인 여러 명 하고 비밀연애한 수건임. 연예인 들 사이에서 더 유명ᄊ

수건은 댓글 모니터링 인공지능이 '걸레'를 자동 순화한 단어였다.

원본 댓글을 캡처하여 PDF 파일로 저장한 다음 새 창에서 열기 기능으로 고유 url을 따서 텍스트 파일로 저장해 두었다. 경아를 죽인 진범은 몰라도 이 새끼는 경찰서에서 만날 수 있겠다는 생각이 들었다.

댓글의 댓글을 펼쳐보니 가관이었다.

– 연예인급 미모는 솔직히 아닌데 얘가 무슨 연예인을 사귐

- 방에서 혼자 망상만 하지 말고 밖에 나가서 사람도 만나고 바람
  도 좀 쐬고 해라
- 동창인데 중딩 때 눈부터 시작해서 얼굴 야금야금 싹 고침ㅋㅋ
  ㅋㅋ초등학교 졸업사진 찾아보셈
- 뒤질 거면 나나 함 주지 아깝다
- 이런 애들이 원래 더 밝히죠 ㅎ 착한여자 콤플렉스 있는 애들이
  둘만 있을 때 돌변ㅎㅋ 맛본 사람만 아는 잼

똑바로 앉아 무릎에 얹은 주먹에 힘을 준 채로 심호흡
을 하면서 마음속으로는 대학살을 벌였다.

어떤 기분 또는 생각, 같은 것보다는 말로 잘 표현되지
않는 충동이 몸속에서 회오리치는 듯한 느낌이 들었다. 주
먹으로 노트북 모니터를 치고 싶었다. 눈앞에 있는 거라면
아무거나 내동댕이치고 악을 쓰고 싶었다. 찢어 죽이고 갈
아버리고 불을 붙이고 밟아 터뜨리고 싶었다. 목적어로 무
엇이든 쓸 수 있었다.

"저희 이제 마감인데…… 조금 더 계시겠어요?"

신입의 말에 퍼뜩 정신을 차렸다. 전에 일하던 사람이
왔다고 나름대로 배려해주려는 듯했다. 길게 생각할 것도
없이 예의상 한 말일 것이었다. 그런데 의식 한편에서는, 동

정하는 건가? 하필 지금? 내가 지금 뭐 되게 안쓰럽고 도움과 배려가 필요해 보이나? 이처럼 공격적인 생각들이 동시에 들었다. 위험한 신호였다.

"아니에요. 금방 정리해서 나갈게요."

후다닥 노트북을 접고 가방을 챙겼다. 심신이 온통 삐그덕거리는 것 같았다. 머릿속에서 댓글 내용들이 자꾸 재생되었다. 어찌어찌 사람 행세를 하고는 있지만 사람으로서의 본질적인 기능, 정확히 무엇인지는 모르겠지만, 그것이 상실된 것 같은 느낌을 가누어가며 부랴부랴 카페를 빠져나왔다.

돌아가는 길에 백업 폰 앱에서 해시태그 #리아야_사랑해로 검색을 돌리니 무수한 결과가 나왔다. 이렇게 많은 사람들이 경아를 추모하고 있다는 사실에 대한 감흥보다 경아를 이용해 앞다투어 한마디씩 하려고 난리들이 났구나 하는 삐딱한 생각이 먼저 들었다. 검색 결과 상단에는 경아의 계정과 관련이 있는 계정에서 쓴 글들이 먼저 노출되었다. 경아와 서로 팔로우하고 있었거나 경아가 팔로우하고 있던 사람의 글, 경아와 함께 찍은 사진에 경아 계정을 태그한 글, 경아가 과거에 써서 올린 글을 링크한 글이 보였다. 경아와 친분이 있었던 것으로 보이는 남자들의 아이디부터 눈에 들어왔다. 스스로도 끔찍하다는 생각이 들었지만 눈길이 가는 것을 막을 도리가 없었다.

일일이 확인하고 반응하지 않아서 그렇지 메시지 탭을 눌러보면 다이렉트 메시지 또한 쇄도하고 있었다. 이미 사망한 것으로 알려진, 자기와 사적으로 알지도 못하던 사람에게 메시지를 보내는 건 대체 무슨 심리일까. 꽤 많은 이가 한술 더 떠 자기가 임리아 계정에 보낸 추모 메시지를 캡처해서 #리아야_사랑해 태그에 올렸다. 그러니까 다, 라고 하기는 어렵지만 꽤 많은 사람들이 알량한 자기 전시 욕구에 경아를 이용하고 있는 것이었다.

침대에 누울 때까지, 침대에 누워서도 #리아야_사랑해 글과 댓글들을 계속 봤다. 자기들끼리 싸우고 자기들끼리 화해해서 자정해가며, 자기들이 진심으로 경아를 추모하고 그리워한다고 여기겠지, 이 사람들은. 캡처해서 경아한테 보내고 싶다는 생각이 문득 들었다. 경아가 이 꼴들을 꼭 봐야 할 텐데……. 그렇지만 그 착한 계집애는 다들 각자 마음이 움직이는 사정이 있다는 둥, 되지도 않는 변호를 하고는 민망해하겠지.

자기 전에 마지막으로 본 글은 경아와 서로 팔로우 중이었던 남자 래퍼가 올린 것이었다. 무슨 오디션 프로그램에서 유명해진 사람 같았는데 척 보기엔 양아치 같아서 경아와 알고 지냈다는 게 믿어지지 않았다. 그나마 경아에 대한 추모글 하나는 담백하고 꾸밈없어 보였다. 다만 어쩐지 신경 쓰이는 댓글이 하나 있었다.

— 진짜 죽었어요 이 사람? ㅠㅠ 저 오늘 9호선에서 본 것 같은데...

탭을 넘기려다가 실수로 래퍼의 글에 좋아요를 눌렀다. 취소한답시고 두 번 터치했더니 취소되었다가 다시 좋아요가 눌려서 눈이 튀어나오는 줄 알았다. 좋아요 알림이 갔는지, 래퍼한테서 다이렉트 메시지가 왔다. 대략 2분 간격으로 세 개의 메시지가 도착했다.

리아누나?
전화 왜 꺼져 있음
너 누구냐

프로필 사진의 래퍼는 정통 흑인음악 30년 외길 인생 같은 생김새를 하고 있었기 때문에 경아가 누나였다는 걸 알고 나니 묘하게 맥이 풀렸다.

래퍼는 얼마간 의심을 품고 있겠지만 곧 이 일을 잊어버리거나 해킹이겠거니, 오류였겠거니 하고 넘어갈 것이다. 의심을 떨치지 못해서 다른 사람들한테 말해봤자 사람들은 해킹이었겠지, 오류였겠지 할 것이다. 결국 결과는 똑같다. 마침 자기 글에 경아가 정말 죽었냐고 묻는 댓글이 달린 바람에 잠깐 더 예민해지기도 했을 것이다. 내가 여기서 더 실수하지만 않으면 조용히 넘어갈 수 있는 일이다. 그렇게 믿으며 백업 폰을 손에서 놓았다. 그것 말고 당장, 달리 수습할 방도가 떠오르는 것도 아니었다.

하루 사이, 짧은 시간 내에 너무 많은 감정을 소모해서인지 더 이상은 아무런 느낌이 들지 않았다. 스스로 생각해도 미친 소리지만, 아예 후련한 것 같기까지 했다.

침대를 박차고 나와서 서머리를 시작했다. 거짓말처럼 집중이 잘됐다.

마르타

경아와 나는 옷 사이즈가 거의 비슷했다. 경아 키가 6, 7센티미터 정도 크긴 했지만 몸 둘레나 몸의 모양, 한마디로 실루엣 자체는 꽤 겹치는 편이었다. 그럼에도 같은 집에서 같은 중학교에 다니는, 같은 체형의 여자애 둘의 교복이 한 번도 바뀐 적 없었던 것은, 교복 브랜드가 달랐기 때문이다. 내가 입학할 때는 아빠가 아는 사람이 한다는, 체육사, 요새는 찾아보기도 힘든 체육사라는 곳에서 교복을 맞췄는데, 얼마 안 가 그 집이 교복 체인점으로 바뀌어서 경아는 브랜드 교복을 입게 된 것이었다. 우리 둘의 교복은 소재에서 미묘한 차이가 났고 소위 핏에서는 어마어마한 차이가 났다. 내게도 가끔은 예쁜 교복을 입고 싶을 때가 있었지만 경아 옷을 빼앗아 입어야 할 만큼 간절한 욕심은 아니었다.

초등학교 고학년쯤부터 이미 경아는 예쁜 애, 나는 예쁜 애 언니로 통하고 있었기 때문에, 중학교 입학하자마자 경아가 유명해질 거라는 사실쯤은 예상하고 있었다. 그래도 같은 반 애들이 경아 얼굴을 구경하고 와서는 세상에 걔 진짜 예쁘더라, 하고 감탄하는 걸 보니 기분이 조금 이상했다. 나더러는 너 눈 예쁘다, 네 코 부럽다, 하고 구체적인 칭찬을 하던 아이들이었다. 굳이 따지자면 나와 경아는 꽤 닮은 편이었다. 인상은 무척 다른데 자세히 보면 이목구비가 비슷해서 다들 신기하게 여겼다. 둘 다 엄마 눈, 아빠 코, 할머니 입을 닮았다. 다른 점이라고 한다면 경아 귀는 할머니 것, 내 귀는 엄마 것을 닮고, 경아는 얼굴형과 두상이 매끈하니 예쁘지만 나는 턱선이 희미하고 뒤통수가 가파른 것 정도인데, 그런 건 정말 자세히 관찰해야 눈에 들어오는 특징들이었다. 엄밀하게는 다른 부분들이 닮았다는 걸 인정하고 나서야 알아차릴 수 있는 차이였다.

그 예쁜 애가 내 동생이라는 걸 난 굳이 알리지도 숨기지도 않았는데 일주일도 못 가서 전교에 소문이 다 났다. 1학년에서 제일 예쁜 애가 2학년 전교 1등 동생이라는 이야기를 학생들은 물론이고 몇몇 교사들까지 즐겁게 떠들어댔다. 굳이 따지자면 그건 무슨 사건 같은 것도 아니고 그냥, 말 그대로 그냥 그런 것인데도.

별일 없는 한 등교는 함께했지만 하교는 시간이 잘 안 맞아서 보통 각자 알아서 했다. CA나 단축 수업 같은 게 잡히는 날은 적당히 서로 기다려준 다음 같이 군것질을 하기도 했다. 역시 자매인가, 사이가 좋구나. 연년생인데도 보기 좋게 잘 지내는구나. 같이 다니는 게 어른들 눈에 띄면 꼭 물어보지도 않은 논평을 했다. 우리가 연년생 자매라는 조건이 전혀 상관없는 요소는 아니겠지만, 우리 사이가 좋은 건 연년생 자매라서가 아니고 임수아랑 임경아라서라고, 나는 생각했다. 그때 경아의 생각은 어땠는지 알 수 없었다. 앞으로도 알 길이 없겠지만.

경아에게 화를 낸 적이 전혀 없지는 않다. 처음으로 크게 화를 낸 건 중학교 졸업 직전이었던 것 같다. 교회 청소년부 밴드에서 기타를 치는 고1 남자애가, 경아한테 관심이 있는데 경아는 연애 생각이 없는 것 같다고 내게 상담을 해왔을 때의 일이다. 교회에 별로 열심히 다닌 것도 아니고 그때껏 그 오빠와 썩 친하게 지내지도 않았는데 그런 일을 왜 내게 이야기하는지 이해가 잘 되지 않았다. 그 오빠가 청소년부에서 나름 인기가 있다는 사실은 대충 알고 있었고, 그래서 더 상황이 우습게 여겨졌다. 자기는 나름 인기

읽고 잘 ... 펼 수 ... 들이 ... 가... 끼 있는 ...

... 데 해 ... 세상사나? 그렇게 ...

... 있으며 세상살이 서럽 받치는 게 있지 않니? 찜아 마

음을 세사 나 아는 것노 아니고, 뭐 도와드릴 건 없는 것 같

네요, 하고 자리를 떴는데, 그다음 주 교회에 나가보니 이야

기가 이상하게 돌아가고 있었다. 내가 그 오빠를 좀 좋아했

는데 그 오빠는 사실 경아를 좋아했고 착한 경아는 언니가

좋아하는 사람의 마음을 차마 받아줄 수 없어서 셋의 사이

가 다 틀어졌다, 요약하면 그런 소문이었다. 그게 무슨 개좆

같은 소리야. 쌍욕을 퍼붓고 뛰쳐나왔다. 누구한테 소리 내

서 쌍욕을 해본 건 그때가 처음이었다. 내가 기억하기로는

그렇다. 함께 교회에 들어갔던 경아는 나오지 않았다.

　같은 교회에 다니던 아이들의 입을 타고 별 근거도 없

는 소문이 학교까지 옮아왔다. 그 거짓말쟁이 남자애처럼,

같은 청소년부였을 뿐 딱히 말 한 번 섞어본 적 없는 애들

이 글썽거리면서 그런 일로 교회를 등지면 안 된다며, 같이

기도하자며 쉬는 시간마다 찾아왔다. 같은 반 애들이 그 꼴

을 보고 조용히 넘어갈 리 없었다. 동생은 착하고 예쁜데

언니는 동생 질투하는 오크년이라는 수군거림, 원색적이고

유치하지만 그만큼 사람을 화나게 하는 효과는 확실한.

너무 화가 나서 집에 가 경아한테 소리를 질렀다. 처신 좀 똑바로 하고 다니라고, 거절은 네가 직접 해야지 왜 내가 욕을 먹고 이상한 소문에 휘말리게 만드냐고.

경아는 언니한테 너무 미안하다며 울었지만 자기가 뭘 잘못했는지는 전혀 모르는 것 같았다. 모르는 게 당연했다. 그 일에 경아의 잘못은 딱히 없었으니까. 그때도 그걸 알고는 있었다. 흔히들 하는 말처럼 예쁜 걸 죄라고 할 수는 없는 일이었다. 잘못은 좆만 한 또래집단에서 좀 인기가 있다고 으스대면서 좋아하는 여자애한테는 직접 고백도 못 하는 쪼다가 했고, 동생이 저렇게 예쁘니까 언니가 당연히 동생을 질투할 거라 넘겨짚는 음습한 인간들이 했고, 사람들이 그런 식으로 좀 수군거린다고 착한 동생한테 괜한 자격지심을 느낀 내가 저지른 것이었다.

그때부터 쭉 교회에 나가지 않기로 했다. 원래도 그렇게 신앙이 깊었던 것은 아니고 엄마를 따라 엄벙덤벙 나갔던 터라 아쉽지도 않았고, 굳이 다른 교회를 알아볼 생각도 안 들었다. 엄마도 딱히 강요는 하지 않았다. 어차피 교회에 따라가서 설교는 안 듣고 뚱한 표정으로 성경만 집적거리는 큰애야 그렇다 치고, 보는 사람마다 예쁘고 착하다고 입에 침이 마르도록 칭찬하는 작은애는 계속 교회에 다니니 아쉽지 않았을 것이다.

일요일에 늦잠을 자고 교회에 간 엄마와 경아를 기다리는 동안에는 가끔 성경에 나오는 마리아와 마르타 자매의 이야기를 생각했다. 어느 날 예수가 그 자매의 집에 방문했는데, 언니인 마르타가 예수와 다른 손님들을 대접할 음식을 준비할 동안 동생인 마리아는 예수 앞에 앉아 예수의 가르침을 듣고 있었다는 이야기. 마르타가 마리아에게 이리 와서 언니의 일을 도와달라고 했더니 예수는 오히려 마르타를 나무라며, 마리아가 지금 하는 일이 마르타 당신의 일보다 덜 중요한 게 아니라고 했다던가. 그런 식이다. 신데렐라의, 콩쥐의, 마리아의 자매는 나쁜 사람으로 기록된다. 선하고 지혜롭고 아름다운 여자에게는 악하고 게으르고 시샘이 많은 자매가 있다. 그렇다고들 한다.

고등학생이 되면서는 물론 나도 경아처럼 브랜드 교복을 입게 되었지만, 그건 뒤늦게나마 교복 브랜드가 중요한 게 아니고 누가 입느냐가 중요하다는 점을 깨닫게 해준 것 말곤 별 의미를 갖지 못했다. 고등학교 때부터는 학교가 달라져서 등하굣길도 따로였다. 주말에 나는 학원에 나가고 경아는 교회에 갔다. 방학을 하면 느긋하게 함께 보낼 시간이 조금이라도 있을 줄 알았지만 경아는 봉사활동을 다니고 나는 학원에 붙어 있느라 학기 중보다도 여유가 없었다.

소원해진 경아와의 사이를 다시 회복할 수는 없을 것 같았고, 솔직해지자면, 그때는 딱히 간절히 회복하고 싶지도 않았다. 같은 집에 사는 자매끼리 서먹해지는 게 말이되나 싶지만 그때의 우리는 실로 서먹한 사이였다. 서먹함은 내가 먼저 고3이 되어버렸을 때 절정에 달했다. 안 그래도 가족 모두 내 눈치를 많이 보는 편이었는데 수험생이 되니 다들 오금도 마음대로 못 펴는 것처럼 보였다. 경아는특히 심했다. 그래, 공부 머리가 안 되면 눈치라도 있어야지. 나는 그런 생각을 했다. 그때는 그런 태도들을 전혀 어색하게 느끼지 못했다.

고3 수험 생활 동안 집에서 큰소리가 난 적은 거의 없었다. 딱 한 번, 수시에 떨어졌을 때 경아와 싸운 기억이 난다. 당연히 내가 붙었을 거라 생각해서 케이크를 사 온 경아에게 너나 처먹으라고 내가 소리를 질러서 시작된 싸움이었다.

"언니가 그렇게 잘났어? 언니면 다야?"

경아는 울면서 그렇게 말했다. 아무리 생각해도 무척 이상한 말처럼 느껴졌다. 잘났으니까 붙었을 거라고 생각해서 케이크를 사 온 건 너잖아? 엄마와 아빠가 내가 아닌 경아 편을 드는 것도 어이가 없는 일이었다. 수시에 탈락해서 기분이 안 좋은 사람은 난데 다들 왜 이러는 거야? 나한테 볼 건 공부 머리밖에 없는데 그 결과가 이렇다고 사람 무시하는 거야, 뭐야?

"언니 진짜 이기적이고 재수 없어. 나 같으면 언니 같은 친구 절대 안 사귀어. 내가 남한테 언니처럼 굴까 봐 무서워. 알아?"

그때 경아는 그런 말도 했다. 물론 나는 내가 친구를 가려 사귀는 편이라고 믿고 있었지만 실제로 친구가 별로 없었기 때문에, 그런 말을 듣고 평정심을 유지하기는 어려웠다.

"나처럼 되는 게 무서운 게 아니고 나처럼 될 수가 없는 거겠지. 너는 평생 남한테 우습게 보이고 손해나 보면서 살아. 지금처럼 착한 척 가식이나 떨면서."

경아는 아주 심하게 울었고 나는 방문을 잠갔다. 밤새도록 아무도 노크하지 않았다.

그런 식으로 싸웠던 우리가 다시 친밀해졌던 것은 사실 거짓말 같은 일이라는 생각이 든다. 이제 와서야 말이지만.

경아의 수험 유세는 그렇게 유난하지 않았다. 누가 뭐라고 하기도 전에 자진해서, 공부도 잘 못하는데 무슨 고3 행세를 하겠냐고 너스레를 떨고 수줍게 웃는 식이었다. 다니던 봉사활동을 꾸준히 하면서 수시모집 자기추천 전형들을 준비했고 나는 썩 내키지 않아 하면서도 경아의 입시 포트폴리오 만드는 일을 도왔다. 꿈이라고밖에 생각할 수 없던 인서울을 결국 해낸 경아는 그게 다 언니 덕이라는 식으로 말했다. 기대도 하지 않은 공치사를 듣고 나니 기분이 썩 나쁘진 않았다.

"아니야. 내가 언니 아니었으면 어떻게 붙었겠어. 공부도 못하고 자기소개서도 엉망진창이고. 다 언니가 고쳐줬잖아."

애가 생각보다 자존감이 낮구나, 라는 생각을 그때 새삼 했던 것 같다. 경아가 쌓은 봉사활동 시간은 어디 내놔도 빠지지 않을 만했고 그동안 느낀 점들을 글로 차곡차곡 정리해온 것도 경아 스스로 한 일이었다. 내가 해준 것은 형식과 순서를 지정해주고 비문과 오타를 고치는 정도밖에 없었다. 스스로 한 일의 결과를 스스로의 공으로 생각하지 못하는 건, 내가 봤을 때, 결코 작지 않은 문제였다.

"너 그런 식으로 생각하다 맨날 손해만 본다. 네가 한 거야. 그것도 엄청 잘한 거. 어디 가서 남 좋은 일 해주고 네 덕 아니라고 하지 마. 그런 거 진짜 짜증 나."

그런 식으로 말한 것은 경아의 낮은 자존감이 내 탓으

로밖에 생각되지 않아서였다. 동생이 예쁘고 착하다고 다들 나와 비교한다고 나는 느꼈지만, 경아 역시 공부 잘하는, 내 입으로 말하긴 좀 그렇지만, 야무지고 빈틈없는 언니와 끊임없이 비교를 당해왔을 것이다. 얼굴이야 뭐, 그렇게 태어난 걸 어쩌라고?라는 생각으로 넘겨온 나와 다르게, 경아는 자기가 충분히 노력하지 못했다는 생각에 끊임없이 자책했을 것이다. 내 말을 알아들었는지 못 알아들었는지 경아는 언니 고마워, 라고만 했다.

틈나는 대로 서울 이곳저곳에 경아를 데리고 다녔다. 수시에 합격한 경아는 대학생인 나보다도 시간이 많았다. 코엑스, 인사동, 대림미술관, 롯데월드, 홍대입구, 우리 학교, 경아네 학교, 갈 곳은 많은데 시간은 턱없이 부족했다.

그 어디보다도 먼저 가야 하는 곳은 미용실이었다. 아빠를 꼬드겨서 경아 머리할 돈을 받아내 이대 앞에서 둘이 같이 머리를 했다. 불과 1년 전에 나 역시 고3이었기 때문에 수능 끝나자마자, 대학 붙자마자 머리를 볶는 애들이 얼마나 많은지와 그 애들 대부분의 스타일이 어찌나 촌스러운지를 나는 잘 알고 있었다. 파마를 처음 해보는 경아를 대신해 내가 무조건 굵게, 딴딴하게, 한 1년은 절대 안 풀리게 말아달라고 신신당부를 했다. 심술이라면 심술이었지만 경아에게도 그런, 말하자면 '수능 끝난 고3 머리'의 추억 같은 것을 주고 싶다는 생각이 들어서였다.

물론 새로 한 머리는 어이가 없을 만큼 경아에게 잘 어울렸다. 그야말로 예상대로라면 예상대로인 일이었지만 어쩐지 스스로가 바보처럼 느껴졌다.

"어머, 너무 예쁘게 잘 나왔다. 언니분 헤어 케이스 사진 찍어도 되나요?"

계산대 앞에서 들은 말에 경아는 언니 머리 잘 나왔대, 좋겠다. 이런 말을 했다. 이 멍청아, 그건 네가 언니인 줄 알고 한 말이야. 나는 굳이 정정해주려 하지도 않고 계산을 치른 뒤 곧바로 가게를 나섰다. 경아는 한참 동안 나오지 않았다.

지렛대

아침 운동을 마치고 밥을 먹으러 가는 길에 약대가 보낸 메시지를 보았다. 그렇게 빨리 얘기가 돌 줄 몰랐다며 미안하다는 것이었다. 그냥 다른 얘기는 하지 말아달라고만 했다. 자칫하면 무척 예민해질 수 있는 부분이라서 좀 그렇다고. 약대는 내가 무슨 뜻으로 그런 말을 하는지 충분히 알아들었을 것이다.

수라이라는 별명을 붙인 건 걔가 발견한 내 기질들을 우습게 만들기 위해서였다. 사람에게는 자기가 무서워하는 것을 우습게 만들고 싶어 하는 경향이 있으니까.

약대와 내가 같은 반이던 1학년 때 질이 좋지 못한 애가 있었다. 너무 전형적이어서 말하기도 입 아픈, 폭력적이고 인성이 덜된, 한 반에 한둘쯤은 있는 그런 애. 핑거보드라는 장난감을 들고 다니면서 그걸 남의 머리통에 대고 굴리는 걸 좋아했다. 1학기 기말고사 무렵 내 짝이던 애가 꽤 왜소한 편이었는데 그때 핑거보드 연습장이 내 짝이었다.

한참 전 일이지만 디테일까지 꽤 상세하게 기억나는 까닭은 여러 요소들이 겹친 사고였기 때문이다. 그러고 보니 전래동화 중에 그런 게 있었다. 멍석과 쇠똥과 맷돌과 숯, 뭐 그런 잡동사니들이 힘을 합쳐 집에 들어온 도둑을 잡는…… 그 비슷한 이야기다. 나는 심한 감기에 걸려 있었고 기말고사가 코앞이라 매우 예민했다. 쉬는 시간마다 돌아오는 핑거보드가 너무 성가시고 짜증 났고 코에서는 묽지도 되지도 않은 콧물이 올리고당 짜낸 것처럼 줄줄 흘렀고, 콧물 때문인지 눈까지 부어서 앞이 잘 안 보였다. 핑거보드는 내 책상에 앉아 내 짝의 머리에 핑거보드를 댄 채로 자기를 따라다니는 아이들과 즐겁게 이야기를 나누었다. 핑거보드가 티슈를 깔고 앉지 않았다면 나는 굳이 화를 내지 않았을지도 모른다. 그때 뭐라고 했는지는 기억이 안 나지만 뭐라고 소리를 지르면서 벌떡 일어났고, 핑거보드는 중심을 잃었으며, 그러면서 내 책상이 앞으로 넘어졌고, 핑거보드의 핑거보드가 바닥에 떨어졌고, 가까스로 중심을 잡았던 핑거보드는 핑거보드를 밟았고……. 꼬리뼈에 금이

가서 당분간 학교에 나오지 못하게 되었다.

　핑거보드의 엄마는 핑거보드가 학교에 핑거보드 같은 걸 들고 다니며 급우들을 괴롭히게 놔둘 만큼 무관심한 한편 자식을 다치게 한 사람을 가만히 둘 만큼 무관심하지는 않았기 때문에 바로 다음 날 학교로 달려왔다. 다른 사람도 아닌 내가, 다른 사유도 아닌 그런 사유, 학교폭력으로 교무실에 가게 되리라 예상한 사람은 아무도 없었다. 뭐? 임수아? 걔가 맞은 게 아니라 때린 거라고? 무슨 말도 안 되는 소리야, 라고들 했지만, 핑거보드의 엄마는 이 개년이 내 새끼를 밀쳤다잖아, 하고 길길이 뛰었다. 내가 할 수 있는 것은 손을 모은 자세로 고개를 숙인 채 재채기를 참는 것뿐이었다. 콧물이 꽉 찬 코가 너무 가려웠고 눈은 절망적일 만큼 부어올라 있었다. 교무실에 있는 사람들 중, 나보다 덩치가 훨씬 큰 핑거보드가 나한테 맞아서 넘어졌다는 주장을 진지하게 생각하는 사람은 하나도 없는 듯했지만 핑거보드의 엄마가 너무 기세등등해서 회의 아닌 회의는 점점 길어졌다. 징계위원회를 여니 마니, 옥신각신 티격태격. 내 시야에는 코밑으로 늘어지는 콧물밖에 보이지 않았고…… 재채기를 참다가 어깨를 가늘게 들썩였는데, 중간 점성을 띤 콧물이 늘어지다 늘어지다 발치에 툭 떨어졌고, 이런 추태가, 하고 놀라서 코를 흡 들이마셨더니, 훌쩍 소리가 울려 퍼졌다.

그 순간 분위기가 일변했다.

다른 사람들에게는 이런 식으로 말하곤 했다.

이 이야기를 싫어하는 사람은 별로 없었다. 특히 당시 같은 반이던 아이들은 다 이 명랑만화 같은 각색을 엄청나게 마음에 들어했다. 전교 1, 2등을 다투는 애가 우연한 사고로 나쁜 놈을 골탕 먹였는데 징계를 피한 방식도 라디오 사연처럼 우스웠으니까. 완전히 속지 않은 사람은 약대 하나뿐이었다. 약대는 내가 책상을 밀면서 자리에서 일어났다는 사실을 눈치챘고, 교무실 바닥에 콧물을 떨어뜨렸다는 우스꽝스러운 이야기를 믿지 않았다. 평소에는 바늘 하나 들어갈 자리가 없어 보이더니 필요할 때는 눈물도 흘릴 줄 아는 임수아. 약대는 그런 내가 무섭다면서도 나를 마음에 들어 했다. 나 역시 눈치가 빠른 개가 싫지 않았다.

어떻게 그렇게 했느냐고 약대는 가끔 물었다. 너 그러다 들키거나 원한 사서 훅 가면 어쩌려고, 하며 겁을 주기도 했다. 약대가 뭐라든 나는 한 번도 제대로 대답해주지 않았다. 뭐가 켕겨서가 아니라 해줄 만한 말이 딱히 없어서였다. 매우 간단한 얘기였다. 힘점을 찾으면 된다. 무엇이든 그렇다. 힘점이 어디 있는지 파악하면 간단히 무너뜨릴 수 있다.

종일 거의 딴생각도 들지 않았고 컨디션도 괜찮았다. 집중도 나쁘지 않게 되었고 스터디 멤버들로부터 좋은 피드백을 많이 들었다. 마침 매니저 언니가 마감을 하는 날이어서 커피도 공짜로 얻어 마셨다.

정신 팔리기 싫어서 경아의 백업 폰이나 다른 자료들은 일부러 두고 나온 참이었다. 오늘치 주변 조사로는 딱 한 가지만 해둘 작정이었다.

핸드폰 사진첩을 열어 미리 찍어둔 약 봉투 사진을 불러왔다. 경아가 2개월 전 처방받은 것이었다. 봉투에 새겨진 약국 주소를 검색하니 빌딩이 하나 나왔다. 실사 지도 기능을 켜서 잘 살펴보니 여러 전문 과목 병원이 모여 있는 것으로 나왔다. 약국은 그중 1층이었고 3층에 내과, 4층에 산부인과가 있었다. 둘 중 한 군데에 갔거나, 두 군데 전부 갔거나. 두 병원의 진료 시간을 체크한 뒤, 주변에 다른 병원이 있는지를 검색해보았다. 가장 가까운 내과는 300미터 정도, 산부인과는 400미터 정도 떨어져 있었다.

"뭐 해?"

화들짝 놀라 이어폰을 뽑았다. 매니저 언니가 노트북 화면 바로 뒤에 고개를 들이밀고 있었다.

"아 깜짝아, 욕할 뻔했잖아요."

"해보지 왜. 새롭겠네."

왜 이러는 걸까? 나를 빤히 쳐다보는 언니의 눈을 나도 맞받아 보다가 픽 웃었다.

"저 욕 존나 잘해요."

"어머? 선생님 된다는 애가 존나가 뭐야. 존나 무서워."

언니는 어울리지도 않는 능청을 떨었다. 노트북을 접어 가방에 넣었다.

"가려고? 우리 마감하고 너 데려다주려고 했는데. 좀 더 있다가 가."

"술 마시자고 하려고 그러죠."

"어떻게 알았어."

"언니는 너무 뻔해요. 사람이."

언니가 피식 웃었다.

"지는 안 그런 줄 알아."

"저 시험 얼마 안 남았어요."

"시험 얼마 안 남은 애가 그러고 있는 건 괜찮고, 나랑 맥주 한잔하는 건 안 괜찮아?"

뭐라고 대답해야 좋을까. 가방을 들고 자리에서 일어났다.

"많이 알아봤어?"

나는 고개를 저었다. 정보가 부족한 것도 사실이지만, 이 사람한테는 조금 약하게 보여두는 것이 유리하니까. 언니는 머뭇거리다가 말했다.

"나도 기사 봤어."

언니를 똑바로 쳐다보면서 계속해서 고개를 저었다. 그 얘기는 하지 말아줬으면 좋겠다는 의미였다. 인터넷 연예 기사 같은 것을 보고 내 동생에 대해, 나에 대해 알았다고 생각하지 말아줬으면 좋겠다는 의미였다.

"나랑 얘기하기 싫어?"

매장 안에 잔잔하게 흐르던 음악이 멈추었다. 아르바이트생이 실수로 음향기기를 건드린 모양이었다. 나도 좌우로 젓던 고개를 멈추었다. 뒤쪽 STAFF ONLY 공간으로 얼른 달려가보아야 할 언니는 그냥 그대로 그 자리에 앉은 채 계속 나를 보고만 있었다.

"언니는 제 어디가 좋아요?"

그것으로 끝이었다. 언니는 더 이상 아무 말도 못 하고,

너 어디가 어떻게 된 애 아니니 하는 눈빛으로 나를 되쏘아 보고, 나는 아님 말지 왜 성화냐는 듯이 머리 긁으면서 나가고. 사는 동안 나타난 애매한 호감의 징표들을 나는 늘 그런 식으로 날려왔다. 빠르게 눈치채서 적당히 이용하고, 적절한 시기에 왜냐고, 나 같은 애가 어디가 좋냐고 물어서 상대를 질리게 만드는 습관. 충분히 무르익지 않은, 어설픈 호감은 이 질문 하나면 단숨에 반감으로 바뀐다. 내가 언제 너 좋다고 했어? 너 웃긴다. 착각 너무 심한 거 아니야? 도 끼병이네 이거 완전.

알아서 나가떨어지길 바라기도 했지만 진심으로 궁금해서 묻는 것이기도 했다. 정말 어디가 마음에 든다는 거야? 나 말고도 반할 만한 사람은 어디에나 있잖아. 눈에 띄게 예쁜 것도 아니고 인품이 환한 것도 아니고. 나라도 나 같은 사람은 눈에 안 들어올 것 같은데.

이번에도 그렇게 끝나야 했다. 내 생각은 그랬다.

"나는 우리가 서로 썸 정도는 탔다고 생각하는데."

언니가 한참 만에 한 말은 그것이었다. 무슨 소리를 하는 거지? 그건 내가 한 질문에 대한 대답이 아니잖아. 나는 당황한 표정을 짓지 않으려 애썼다. 약해 보이는 것과 약점을 보여주는 것은 완전히 다른 일이었다. 약점이 될 만한 부분은 절대로 만들고 싶지 않았다.

다시 음악이 흘러나오기 시작했다. 아르바이트생이 사태 수습에 성공한 모양이었다. 언니는 테이블에 턱을 괴면서 또다시 물었다.

"아니야? 나만 너 좋아하는 거야?"

이런 상황에 대한 대처는 생각해본 적이 없었다. 나는 인사도 잊고 카페를 나와서 전속력으로 뛰어 고시텔까지 갔다.

우선순위

언니에게는 이미 말한 적이 있다. 지금 내게 제일 큰일은 이런 것이 아니라고. 그때하고는 맥락이며 의미가 완전히 달라져버린 말임에도 여전히 나는 그 생각에 매달려 있었다. 지금 내게 정말로 중요한 건 따로 있다는 생각. 도대체 '제일' 중요한 것이 무엇인지는 딱 잘라 말하기 어려우면서도 그랬다.

진동 알람이 울리기 무섭게 자리를 박차고 나와서 옥상으로 갔다. 익명이 전화를 걸어왔던 031 번호를 눌렀다. 연결음이 이어지기는 했지만 아무도 받지 않았다. 새벽이어서 안 받는 것이거나 공중전화 같은 것을 이용했거나. 나 같으면 나 같은 사람, 그러니까 익명에게 있어서는 언제든 자기를 밀고할 준비가 되어 있는 사람에게 집 전화번호 따위를 노출할 엄두는 나지 않을 것 같았기 때문에, 지난번의

번호는 공중전화의 전화번호였을 가능성이 상당히 높게 느껴졌다. 다시 익명의 핸드폰으로 전화를 걸자 금방 전화를 받았다.

"아저씨. 물어볼 게 있는데요."

이제는 서로 여보세요 같은 기본적인 인사도 주고받지 않는 것이 당연해졌다. 나로서는 그게 훨씬 마음이 편했다.

"일단 아저씨는 말을 분명하게 하질 않더라고요. 근데 경아 핸드폰으로 구급차 부르고 아저씨가 아저씨 차로 돌아갔다는 건 아저씨가 경아를 건드렸다는 거잖아요."

"네, 제가 경아를 차에서 내려줬습니다."

상상할 수 있는 광경이었다. 차 문을 열고 경아를 들쳐 안고 나와서 경아 핸드폰을 꺼내 119를 부르는 어떤 남자의 모습.

"그런데 왜 112가 아니고 119였어요?"

"그건······."

수화기 너머에서 끔찍한 소리가 났다. 목이 졸리고 있는 사람이 낼 법한 신음 소리였다. 설마 우는 건 아니겠지. 그런 건 상상하고 싶지 않았다.

"경아가 살 수 있을 거라고 생각해서였습니다."

"일산화탄소에 중독된 사람을 밖에다 두면 살 수도 있

을 거라고 생각했단 말이죠, 이 겨울에."

나는 익명의 말을 정정해주었다. 익명은 쥐어짜는 듯한 소리로 천천히 답했다.

"실제로 차 주인은 살았으니까요."

머릿속으로 이 문장을 적고 밑줄을 긋는 이미지를 그렸다. 차 주인은 살아 있다. 차 주인도 잠깐 동안은 그 차 안에 경아와 함께 있었다. 그렇다면 모자를 쓴 사람들은 차 안에 경아를 남겨두고 차 주인만을 데리고 떠난 것이었을까. 정말 그렇다면, 그건, 그건 정말이지 용서하기 힘든 일일 것 같았다.

"그 차는 지금 어디에 있어요?"

"폐차된 것 같습니다."

심호흡을 했더니 송화구에 불어넣은 숨소리가 내 귀로 돌아왔다.

"만약에 그 자리에서 구급차 대신 경찰을 불렀으면 어땠을까요?"

익명은 끝까지 대답하지 못했다. 나는 그대로 전화를 끊었다.

응급 상황에서 구급대와 경찰의 차이는 한마디로 피해자를 우선 호송하는가 가해자를 우선 호송하는가로 가를 수 있을 것이다. 구급대의 목표는 응급 환자를 최대한 빠르게 응급 상황에서 구출하여 환자의 생명을 유지하며 최단 거리 내의 응급실로 이송하는 것이다. 반면 경찰은 출동 시점부터 주변 지역을 잠정적인 사건 현장으로 간주하여 증거를 수집한다.

만약 익명이 경찰부터 불렀다면 나중에는 구급대도 왔을 것이다. 경찰이 와서 조사를 벌이며 구급대를 호출했을 테니까. 경아가 탔던 차는 폐차되지 않았을 것이고, 차 주인은 마땅한 조사를 치렀을 것이다. 최소한 경아를 따라 병원으로 오는 대신 그 자리에 남아서라도 신고를 했다면.

그렇지만 나라면 그럴 수 있었을까. 모자 쓴 사람들이 내 차 앞으로 달려와 나를 끌어내 강에 빠뜨릴지도 모른다는 두려움을 누르면서 그렇게 할 수 있었을까. 자기 차에서 내려 경아를 바깥으로 끌어내고 다시 차 안으로 들어가 구급차가 오기를 기다리는 동안 익명은 무슨 생각을 했을까.

아무려나 익명이 만약 경찰을 먼저 불렀다면 구급대의 출동은 그만큼 더 늦어졌을 것이고 경아는, 어차피 목숨을 잃었지만, 더 빨리 그렇게 되고 말았을 것이다.

갑자기 익명과 나의 중요한 차이를 알게 된 것 같아 기분이 묘해졌다. 말하자면 익명은 구급대의 방식으로, 나는 경찰의 방식으로 생각하는 사람인 게 아닐까. 경아를 살리고 싶다는 마음이 너무 앞서서 다른 것을 잊어버리고 마는 사람과 경아를 그렇게 만든 사람을 찾아내서 죽이고 싶은 심정을 앞세울 수밖에 없는 사람의 차이. 사실 그건 단순히 그 자리에 있던 사람과 그렇지 않았던 사람의 차이일지도 모른다.

그런데 아저씨는 왜, 어떻게 거기에 있었던 건가요.

나는 정작 제일 묻고 싶었던 말을 하지 못했다는 사실을 뒤늦게 깨달았다.

옥상에서 내려와 백업 폰을 열어보니 새 알림이 떠 있었다. 래퍼한테서 온 다이렉트 메시지였다. 확인하기 전에는 조금 긴장이 되었지만, 열어서 보고 나니 반가운 마음이 들었다.

누나 죽었다고 뻥치고 잠수 타는 관종이었어?

전화 좀 받아봐

해경이 형이랑 무슨 일 있었어?

계속 모른다고만 해 형은

메시지는 열 통 가까이 구구절절 이어졌다. 뭐 어디서 파티를 한다는 둥 디제잉을 한다는 둥. 하여간 래퍼답게 말이 많았다. 고마운 일이었다. 마지막 메시지 발신 시각은 새벽 3시경이었다. 답장이 없으니 알아서 그만둔 모양이었다.

아침 운동 시간 동안 리스닝 파일을 듣는 대신 생각을 정리했다.

래퍼는 일단 경아가 죽지 않았다고 생각하는 것 같다. 하긴 사망 경위가 제대로 알려진 것도 아니고 장례식에 조문을 온 것도 아니니 그럴 수도 있다. 끈질기게 안부를 물어오는 것을 보면 경아와 꽤 친분이 있었던 것으로 보인다. 자기 혼자 친하다고 생각하는 일방적인 관계였을지도 모르지만. 해경이라는 제3의 인물을 언급한 것을 보면 그룹이랄지, 커뮤니티랄지, 그런 것이 형성되어 있던 것 같다. 경아는 래퍼보다도 해경과 친밀한 사이였을 것이다. 래퍼가 해경만큼은 경아의 안부를 알고 있으리라고 확신한 것을 보면. 해경이 '계속', '모른다고만' 했다는 짤막한 문장에는 여러 가지 의미 부여가 가능하다. 래퍼가 적어도 두 번 이상 경아에 대해 물었다는 뜻이다. 우선 가까운 사람의 사망 소식을 듣고 '모른다'고 했다는 점이 부자연스럽다. 래퍼가 어떤 간격으로 몇 번이나 물었는지는 정확히 알 수 없지만 대답을 피하고 싶어 하는 인상이 얼핏 보인다. 몇 가지 가능성이 있다. 하나, 경아에게 나쁜 일이 생기기 전 이미 경아와 그의 사이가 틀어져 있었을 가능성. 둘, 경아에게 생긴 나쁜 일에 대해 알지만 모른다고 대답했을 가능성. 둘 다시 둘, 경아에게 생긴 나쁜 일에 그가 직접 '관여'했기 때문에 모른다고 했을 가능성. 셋, 그냥 짜증 나서 모른다고 함.

어느 쪽이든 해경이라는 인물에 대해 조사해볼 필요는 있을 듯싶었다.

가슴이 뛰는 것이 어떤 촉 또는 감 같은 것 때문인지, 운동을 하고 있기 때문인지 구분이 되지 않았다. 빠른 심박의 당위를 만들기 위해서 페이스를 올려서 달렸다. 그런다고 덜 불안해지지는 않았지만, 가슴이 뛰는 게 당연하게 느껴지니까 조금 살 것 같았다.

"수아 님, 지금 약간 집중 못 하고 계신 것 같아요."

스터디 분위기가 조금 엄격한 편이긴 하지만 대놓고 집중하라는 말이 나올 정도면, 내가 정말 집중을 못 하고 있다는 뜻이었다. 집중이 될 리 만무했다. 저녁 스터디를 고시텔에서 할 것인지, 카페에서 할 것인지 차악을 따진 끝에 오늘 매장에 언니가 있을 가능성이 반반인 점을 고려해 카페로 온 참이었다. 언니가 있으면 바로 발길을 돌릴 생각이었다. 내가 왔을 때는 없던 언니가 9시쯤 갑자기 나타난 것이었다. 맞은편 테이블에 앉아서 턱을 괸 채 쭉 나를 보고 있었다. 스터디를 중간에 접고 나갈 수도 없고 언니를 의식하는 것을 멈출 수도 없었다. 정신이 반으로 쪼개진 것 같은 상태였다.

"죄송합니다."

"오늘 다들 피곤한 것 같은데 한 20분 일찍 마칠까요? 모두 동의하세요?"

삼수생의 제안에 다들 찬성하는 분위기였다. 분위기를 망친 것 같아서 민망해졌다. 미리 알아봐둔 스터디 카페 홈페이지 링크를 멤버들에게 전송했다.

"마치기 전에 주말 오프 안내 좀 드릴게요. 주소랑 두 당 이용료는 보내드린 링크 보시면 되고요, 토요일 일요일 오후 시간 다 괜찮으세요? 2시부터 5시로 일단 두 날짜 다 예약 걸어놨거든요."

"저는 일요일은 아직 잘 모르겠는데……."

나와 같은 초수생이었다. 사수생이 말허리를 자르며 끼어들었다.

"엄청 중요한 일 아니면 그냥 나오세요. 시험 2주도 안 남았는데 이것보다 중요한 일정이 있어요?"

"친구가 그날 결혼을 하거든요. 안 그래도 갈지 말지 고민이긴 한데 제 친구들 중에는 가장 빨리 가는 거라 안 가면 섭섭할까 봐."

삼수생도 거들고 나섰다.

"본인 결혼식 아닌 이상 꼭 갈 필요 없어요. 지금 발등에 떨어진 불이 있는데 굳이 와달라면 친구가 이기적인 거죠. 결혼식 아니고 장례식이라도 그래요. 못 가도 상대 쪽이 이해해줘야 돼요."

장례식이라는 말에 퍼뜩 정신이 들었다. 가슴을 종이로 슥 하고 베인 느낌이었다. 맞는 말이라는 생각이 들었지만 그와 별개로 불편한 감정이 들었다.

"네, 그럼 저도 일요일 괜찮을 것 같아요."

"잘 생각하셨어요."

장수생들이 입을 모아 말했다. 초수생이 마지못해 동의한 것인지, 자기 말대로 원래 결혼식 참석을 망설이고 있었던 것인지 신경이 쓰였다. 내 코가 석 자인데 무슨.

노트북을 접어 손에 든 채로 서둘러 카페를 빠져나왔다. 몇 걸음 못 가 다시 찰랑이는 종소리를 들었다. 언니가 따라 나온 것이었다.

"임수아."

돌아보지 않고 걸었다.

"수아야."

언니는 목소리를 높여 다시 불렀다.

"나 때문에 가는 거야?"

의문문을 들으니 반사적으로 돌아보고 싶어지는 스스로가 좀 싫어졌다. 가까스로 냉정을 유지할 수 있었다.

"나 신경 쓰지 마. 신경 쓰지 말고 공부 계속해."

언니는 절대로 닥치지 않았다. 나도 되게 나고 언니도 되게 언니구나 싶은 생각이 들었다. 뒤에서 누가 아무리 불러도 제 갈 길 가는 나나, 들은 척도 안 하고 가는 사람 등에 자기 할 말 줄줄 하는 언니나. 길에 사람이 없어서 다행이었다. 누가 신경이나 쓴대? 당신 같은 사람. 내가 속으로 무슨 생각 하고 있는지도 모르고, 속도 없이, 대놓고 좋아하는 티를 내는 사람.

"그리고 너 존나 매력 있어. 그래서 좋아."

가로등 아래를 지나왔기 때문에 이제 내가 잘 보이지 않을 텐데도 언니는 계속 외쳤다. 뛰어서 도망치고 싶었지만 그러면 내가 자기 말을 다 들었다는 것을, 그래서 동요

하고 있다는 것을, 언니가 알게 될 것 같아서 일정한 속도를 유지하며 걸었다. 이럴 때가 아니라는 생각을 하면서.

고시텔에 들어가기 전에 익명에게 전화를 걸었다. 익명은 곧바로 전화를 받더니 이렇게 말했다.

"앞으로 전화는 되도록 하지 마십시오. 무슨 용건이 있으시면 앱에서 메시지 보내시면 됩니다. 메시지도 가능하면 확인하고 바로바로 삭제해주시고요."

숨은 언제 쉬나 싶을 만큼 빠르게 자기 말만 한 뒤 익명은 전화를 끊었다. 가방 속에 있던 백업 폰이 징 하고 울렸다. 익명에게서 메시지가 온 것이었다.

무슨 일로 전화하셨죠

나는 고시텔 계단을 올라가면서 답장을 썼다.

경아가 우울증 약 먹는 거 알고 계셨어요?

계단을 내려가려는 누군가와 어깨를 스쳐 돌아보니 옆방 사람이었다. 꾸벅 묵례를 하니 그쪽은 상체를 기묘하게 앞뒤로 흔들며 나를 노려보았다. 뭐야 저게, 인사를 하는 거야 마는 거야? 시비는 누가 걸고 있냐고, 지금. 옆방의 정수리를 잠깐 내려다보다가 익명의 메시지를 확인했다.

정신과 상담을 다녀왔다는 정도는
제가 추천하기도 했고요

상담을 추천한 장본인이 바로 이 사람이라면, 상담을 추천하기 전까지는 바로 이 사람에게 고민을 털어놓았다는 의미겠지. 상담을 추천받아야 할 만큼 힘든 일이 있었다는 것이고, 그걸 이 사람은 안다는 뜻이겠지. 경아가 나나 또래 친구를 제쳐두고 웬 수상한 남자한테 자기 이야기를 하고 있었는지 묻고 싶은 마음을 누르기 어려웠지만, 그보다는 일단, 경아가 이 사람에게 맡긴 정보들을 캐내는 게 우선이었다.

반년 전에 경아한테 무슨 일이 있었는지 아는 대로 말씀해주세요

방으로 들어와 책상 앞에 앉아 다시 백업 폰을 보아도 익명의 메시지는 아직이었다. 드문드문, 현재 타이핑 중이라는 것을 알리는 말줄임표 애니메이션이 나올 뿐이었다. 얼마나 장대한 사연이길래 이렇게 오래 걸리는 거야. 슬며

시 짜증도 나고 불안도 커지려는 차에 말풍선이 돋아났다.

아무 일 없었습니다

아저씨 지금 장난해요?

익명은 메시지를 길게 쓰고 있던 것이 아니라 말할까 말까 망설이는 것이었다.

아저씨
아저씨 계획은 아직 정확히 모르겠지만 우리는 이미 공범이에요
저 끌어들여놓고 정보는 그렇게 아끼는 거
결코 좋은 선택이 아니에요

도와주시는 겁니까

도와주는 거 아니에요
제가 하는 거예요
그러니까 경아한테 무슨 일 있었는지 저도 알아야겠어요
제 권리가 그 정도는 된다고 봐요

또다시 한참 동안 익명의 메시지 창에서 말줄임표 애니메이션이 떴다 사라졌다를 반복했다. 다른 볼일 보면서 기다리는 게 낫겠다는 생각이 들 만큼 긴 간격이었다. 익명과의 대화 화면을 나와서 래퍼한테 넘어갔다. 그러고 보니 해경이 형이라는 사람에 대해 알아보기로 했었지.

래퍼의 친구니까 그의 직업도 비슷한 것이 아닐까 싶어서 앱 내에서 검색을 해봤다. 차해경이라는 이름의 계정이 있었다. 프로필 사진은 젊고 예민해 보이는 남자의 얼굴이 명암이 뚜렷한 그레이 스케일로 찍힌 것이었다. 바이오그라피에는 actor라고 써 있었다. 경아 계정과 이 사람의 계정은 서로 팔로우 관계였다. 최근 게시물에 래퍼의 댓글도 달려 있었다. 래퍼가 말한 해경이 형이 이 사람인 건 확실해 보였다. 그 이상의 뭔가가 있다는 촉이랄지, 감이랄지 심상치 않은 느낌이 들었다. 별 기대는 없이 포털사이트에 차해경이라는 이름을 검색해보았다.

차해경 배우(본명 이준서)

이거다. 씨발…… 이거다.
나도 모르게 그런 혼잣말이 흘러나왔다.

비밀

오전 공부만 마치고 독서실을 나왔다. 병원에 갈 생각이었다. 가는 길에 생활용품점에서 과도를 한 자루 샀다. 과도를 산 김에 돌아오는 길에는 과일도 살까, 하는 마음도 들었지만 이 계절의 과일 중 딱히 과도가 필요한 게 있을까 싶어 그만두었다.

3층과 4층 사이에서 망설이다가 일단 4층에 가보기로 했다. 엘리베이터 문이 열리자 통유리 너머 병원 로비가 한눈에 보였다. 평일이지만 금요일쯤 되고 보니 오후 반차를 쓰고 병원에 온 사람이 꽤 있는 것 같았다.

"오늘 처음이세요?"

"아뇨, 마지막으로 다녀간 지 두 달쯤 된 것 같아요. 임리아라고 하는데요."

접수/수납처 직원은 전산 자료를 확인해보더니 생긋

웃었다.

"네, 접수해드릴게요. 잠시 대기해주세요."

소파에 앉아 읽을거리를 뒤져보니 거개가 임신, 태교, 육아 관련 도서였다. 경아가 정말로 이 병원에 다녀갔다는 것을 확인하고 나니 마음이 가라앉았다. 그러려고 온 것이니.

임리아라는 이름이 호명된 것은 대기한 지 40분 정도가 지난 후였다. 나는 간호사의 안내를 받아 진료실로 들어갔다. 아프지도 않은데 누군가 거동을 거들어주는 것이 조금 민망했다. 로비에서 원장 진료실까지의 짧은 거리 사이에 여러 생각이 들었다. 이 간호사는 내가 임신했다고 생각하는구나. 이 병원의 다른 많은 내원객이 그렇듯이. 습관적인 친절일 수도 있지만 진료 차트 같은 것을 보아서 그럴 가능성도 높다. 그러니까 간호사는 자기 옆에서 걷고 있는, 임리아라는 이름을 댄 사람이, 임신했다고 믿고 있다……. 이쯤에서 달아나고 싶은 마음이 들었지만 간호사가 바짝 붙어 있어서 그럴 수 없었다.

자리에 앉자 간호사가 밖으로 나가며 문을 닫았다. 갑작스러운 적막에 오히려 귀가 왕왕 울렸다. 로비에서 내내 들리던, 태교에 효과가 있을 법한 클래식 음악 소리가 진료실로는 들어오지 못하는 것이었다.

"몸은 좀 어떠세요?"

의사는 모니터에 시선을 고정한 채 의례적인 인사를 먼저 건네고 내게 눈을 돌렸다. 어, 하고 혼란스러워하는 기색이 느껴졌다. 두 달 전에 단 한 번 본 사람의 얼굴이라 잘 기억은 안 나겠지. 그렇지만 이 사람이 이렇게 생겼었나 싶겠지.

"저는 임리아 환자 언니예요."

아아…… 하고 의사는 납득의 감탄사인지 낭패의 신음인지 모를 소리를 냈다. 의례적이고 친절한 미소를 거두지는 않았지만 자세가 바뀌고 있었다. 나는 주머니에서 과도를 꺼냈다.

"호출 벨 누르지 마세요."

의사는 책상 아래로 내렸던 양손을 다시 내게 보이게 올려두었다. 안경 너머에 역력한 경악을 읽을 수 있었다. 안경에는 날이 작은 칼을 바이올린처럼 쥐고 있는 사람이 비쳤다. 스스로의 목을 겨누고 있는 내 모습이 나도 낯설었다.

"제가 굉장히 이상한 요구를 하고 있다는 사실 정도는 알고 있습니다. 제 동생에 대해서 기억나는 대로 얘기해주세요. 정말로 제 동생이 임신을 했었나요?"

"실례지만, 진료 기록은 환자 본인이 쓴 위임장하고 도장이 있으면 얼마든지 보여드릴 수 있어요. 이렇게 위험한 짓 하지 않으셔도 돼요."

"죽었어요. 제 동생."

의사는 잠시 머뭇거리다가 덧붙였다. 목소리가 떨리고 있음이 분명히 느껴졌다.

"본인 사망 시에는 가족이라는 것만 증명해주시면 되는데. 등본 같은 걸로……."

"진료 기록도 진료 기록이지만 제가 알고 싶은 건, 걔가 여기 와서 무슨 말을 했냐는 거예요. 왜 왔는지, 누구와 왔는지, 뭐라고 했는지, 기억나는 대로 말씀해주셨으면 해서요."

나는 과도를 목에 더 가까이 갖다 댔다. 선득한 날이 말할 때마다 턱 밑에 닿았다.

"정말 절박한 상황이에요. 저 도와주시는 거예요. 제발 도와주세요."

"임리아 님은……."

의사는 한숨을 푹 내쉬었다.

"원래 동의, 위임 절차 없이 환자 기밀 누설하는 거 의료법 위반인 거 아시죠. 환자가 이미 사망했고 유가족이시라고 하니까 말씀드리는 거예요. 증거는 없지만⋯⋯."

의사는 모니터로 시선을 옮겼다. 진료 기록지를 보면서 기억을 되새기는 모양이었다.

"일단은 내원 당시 임신 3주 차로 봤네요. 혈액검사 추천했는데 받지 않으셨고, 임신 가능성이 없다고 확신하시느냐고 물었을 때 대답은 못 하셨어요. 내과 내원하셨다가 4층 올라가보라고 해서 반신반의하면서 오신 것 같아요. 본인 증상은 몸살에 생리불순인 것 같다고 하셨고. 내과에서도 아마 똑같이 말씀하셨을 거예요. 그러면 가임기 여성에게는 마지막 관계일을 묻는 게 보통이거든요."

3층에서 4층으로 이어지는 계단을 갸우뚱거리며 오르는 경아의 모습이 머릿속에 그려졌다.

"그래서요?"

"대략 열흘 전에 관계를 하긴 했는데 생리 중이었다고. 지금도 이틀쯤 출혈을 하고 있는데 생리가 아니냐고 하시더라고요. 별도 피임구를 사용하지 않으셨다면 그건 착상혈일 확률이 높다, 아마 기존 생리 양보다 출혈이 적으실 거다 말씀드렸고요. 아직 임신 주 수가 얼마 안 됐으니까 한 일주일쯤 후에 소변검사 키트 사용해보시고 재방문하셔도 괜찮다. 이렇게 말씀드리니까 막 우시더라고요."

내가 직접 보기라도 한 것처럼 눈에 선한 광경이었다.

"상황이 상황이니까 진짜 솔직하게 말씀드리면…… 만 22세 혼자 방문했고 임신에 대해 전혀 생각해본 적도 없는 여성이, 그 심정이 어땠겠어요. 당연히 눈물이 났겠죠. 이해해요. 어리다고 하면 실례겠고, 음, 나이가 적은 내원객이 그렇게 드물지도 않고요. 더 연소자도 있어요. 저희 병원은 그런 수술도 하고요. 뭔지 말씀 안 드려도 되겠죠."

"네."

"지금 녹취하고 계신 거 아니죠?"

"걱정되시나요? 제가 한 손으론 이런 걸 들고 한 손으론 녹취를 하고 있을까 봐?"

"그러네요……."

의사는 의자에 깊이 기대어 앉으며 말을 이었다.

"그런데 그걸 추천해드리기는 이르기도 하고 괜히 패닉만 더 느끼실 것 같아서. 일단은 임신 중단 약물을 취급하는 해외 단체 얘기도 해드리고, 일주일 뒤에 꼭 내원해달라고 말씀드렸죠."

"그런데 안 왔고요."

"네."

"그리고요?"

"그래도 감기일지도 모르니까 약은 처방해달라고 해서서 철분제랑 영양제 위주로 넣었어요. 그렇다고 제가 사기를 친 건 아니고요. 원래도 임신 중에 감기 걸린 분들한테 드리는 처방하고 비슷한 거예요."

그런 약이었지만 경아는 그조차도 한 번도 먹지 않았다.

나는 칼을 쥔 자세 그대로 자리에서 일어나 뒷걸음질로 진료실 문 앞에 섰다.

"무리한 요구였는데 들어주셔서 감사합니다."

"아니에요."

묵례하고 문고리를 쥐는 나를 의사가 다시 돌려세웠다.

"저기요, 왜 그러셨는지는 모르겠지만, 접수 내역 삭제하라고 해둘 테니까 수납하지 말고 그냥 나가세요. 솔직히 진료 받으신 것도 아니잖아요."

"감사합니다."

"감사하시라고 한 것도 아니고, 전 솔직히 다신 안 오셨으면 좋겠고요. 그냥 오늘 들은 얘기 어디 가서 안 하시면 돼요."

나는 과도를 다시 주머니에 넣고 허리를 깊이 숙여 제대로 인사했다.

나가는 길에는 '아가야, 너는 엄마에게 온 가장 큰 기적이야', '자녀에게 가장 좋은 친구를 선물하세요' 같은 임신 홍보 포스터가 붙어 있었다. 그런 것들을 보고도 아무렇지 않았다면 거짓말일 것이다.

유명하다고 해봤자 주변 지역에서나 예쁘고 착한 아이 였던 경아가 전국적으로 이름을 얻게 된 것은 2년 전 해외 봉사활동 사진이 인터넷에 떠돌기 시작하면서부터였다. 사람들은 경아를 '봉사녀'라고 불렀다. 얼굴도 예쁜데 마음 씨도 착하다고. 기폭제가 된 것은 단 한 장의 사진이었지만 곧 국내 재난 지역이나 유기 동물 보호소에서 찍힌 사진들 도 함께 돌아다니기 시작했고 경아가 고등학교 때부터 천 시간이 넘는 봉사활동을 해왔다는 사실도 화제가 되었다. 얼굴이 좀 반반하다고 해서, 이걸로 화제 몰이 좀 해가지고 연예인으로 데뷔하려는 수작이겠지 의심하는 사람들이 있 었기 때문이다. 악플에 대한 반작용으로 경아의 선행들이 더 널리 퍼지면서 경아는 본격적으로 유명해졌다. 언론사 몇 군데와 인터뷰도 했는데, 말주변은 없지만 사진은 참 괜 찮게 나왔던 것으로 기억한다. 대기업 몇 곳이 앞다투어 경 아에게 콜라보를 제안했고 경아는 그 제안들을 대부분 받 아들였다.

내가 아는 한은 그랬다.

기업에서 요구하는 바가 어려운 일은 아니었다. 재난 지역에 기업에서 지원하는 구호물자를 나누어 주거나, 장애인을 위한 지원 차량 전달식에 경아가 동행하고, 친밀해 보이는 사진을 찍어주면 되는 것이었다. 원윈이었다. 경아도 남들처럼, 졸업 후에는 대기업의 신입 사원이 되고 싶어 했다. 명시적인 규정은 들은 적 없지만 그런 콜라보 사업들이 향후 입사 지원활동에 플러스가 되리라는 사실을 다들 예감하고 있었다.

경아는 원래도 대학생 기자단이나 체험단 활동 따위에 자주 도전하던 아이였고, 종전까지 지원해온 기자단, 체험단 합격률이 3, 4할 정도였다면, '봉사녀'로 뜬 다음부터는 지원할 필요도 없이 '특별' 임명을 받곤 했다. 경아에게는 더할 나위 없이 좋은 일이었다. 그런데 이것이 다른 지원자들의 심기를 거스른 모양이었다. 임리아가 뭐가 유명하냐, '되'와 '돼'도 제대로 구분 못 하는 사람이 어떻게 SNS '기자' 같은 걸 하냐, 선정 과정에서 친분 등 공정하지 못한 요소가 개입된 게 아니냐. 대학생 기자단으로 선정되지 못한 사람들이 기업 홈페이지 자유 게시판이나 기업에서 운영하는 SNS에 여러 불만을 제기했다.

사실상 와각지쟁, 찻잔 속 태풍이었다. 기자단에 지원한 사람들끼리나 알 만한 일이고, 아무리 공개 게시판이라지만 눈여겨보는 사람들이 그렇게 많지도 않은. 막상 경아와 다른 합격자들이 활동을 시작해서 서로 만나거나 하면 불식되는 문제들이었다. 경아를 실제로 만나보고도 경아에게 호감을 느끼지 못하는 사람이 과연 존재할까. 애초에 살면서 누구에게도 호의를 가져본 적이 없는 사람이라면 그럴 수도 있겠다.

그런데 한 기업에서 경아를 대학생 체험단으로 선발했다가 취소하는 일이 생겼다. 처음 경아가 유명해질 무렵 오지 마을 어린이들에게 컴퓨터를 보급하는 행사에 초청했던 곳이었다. 그때 만난 인연으로 사업 담당자와 경아 사이에 친분이 조금 생겼는데, 그때 그 담당자가 대학생 체험단 사업을 맡으면서 벌어진 일이었다. 기업 홈페이지에 체험단 명단을 올리자 또 임리아냐, 임리아랑 담당자랑 무슨 사이냐, 이런 댓글들이 달리기 시작했고, 담당자는 실제로 경아와 친한 바람에 그런 비난들을 그냥 넘기기 어려웠던 모양이다. 그리 많지도 않은 댓글 중 대부분이 도를 지나친 비난이었다. 솔직히 임리아가 한 번 준 거 아니냐, 봉사녀라서 그런 봉사도 잘하냐, 이런 원색적인 댓글이 달렸다 삭제되기도 했다. 담당자가 선발 취소 결정을 내린 것은 나름대로 경아를 보호하려는 노력이었다. 당시에는 빠르게 사태가 수습되었지만 경아에게는 '낙하산녀'라는 새 별명이 생겼다. 어떤 대외활동에 경아가 끼어 있을 때, 경아를 제외하라고 요구하는 것이 당연한 흐름이 되었고, 당연하다는 듯 경아는 계속 선발 취소를 당했다. '그래도 되는 사람'이 된 것이었다.

결국 경아에게는 그와 같은 제안이 더 이상 오지 않게 되었다. 대략 반년 전쯤이었다. 이미 충분히 스펙이 되고도 남을 대외활동 경력을 보유하고 있었지만 경아는 계속 도전했다. 다른 지원자들과 똑같이 지원서를 쓰고 동영상 포트폴리오를 만들어 제출했다. 봉사녀로 뜨기 전에 원래 하던 대로였다. 그런데 이때부터는 반대로, 붙고도 남았을 지원에서도 번번이 탈락을 맛보게 되었다. 지원자 수가 선발 인원보다도 적은 경우마저 경아의 이름은 합격자 명단에 없었다.

경아는 고등학교 때부터 봉사활동을 다니던 장애인 요양 기관에서 익명을 만났고, 익명을 무척 따르며 남들에게는 차마 말 못 하는 고민들도 털어놓았다. 익명을 어찌나 신뢰했는지 만약 자기가 극단적인 선택을 하거나 사고를 당하거나, 그런 일이 생긴다면 자기 SNS를 대신 정리해달라고 부탁할 정도였다. 사실 익명이 경아에게 들려준 조언이 그리 특별한 것은 아니었다. 너는 지금 지쳐 있는 것이다, 잠시라도 쉬면서 너 자신의 마음을 잘 들여다봐라, 상담을 받아보는 것은 어떠냐, 여행을 가보는 것은 어떠냐. 정말이지 지나가는 20대 여자 아무나 붙잡고 들려주어도 대충 통할 만한 조언이었다. 당신은 지금 지쳐 있으니 상담을 받거나 여행을 하면서 스스로와의 대화를 시도해보는 게 어떨까요……. 경아는 익명의 그런 흔해 빠진 조언을 충실히 따랐다. 경아는 자기 마음을 정말 열심히 잘 들여다보았고, 자기가 우울하다는 것을 깨달았다. 그러고 보니 내게 여행을 제안했던 것이 바로 그즈음이었던가. 여행을 간다면 언니하고 같이 가고 싶은데 당장 상황이 여의치 않으니 상담부터 받아보자고 생각한 모양이었다.

상담에 다녀온 경아는 곧장 그 사실을 익명에게 알렸다. 자기가 우울하다는 사실을 공식적으로 확인받은 것이 너무나 기쁜 것 같았다. 아니면 그저 정신과 약의 영향으로 좀 더 발랄해졌던 것이거나.

"제가 남들에게 사랑받으려고 애쓰는 경향이 너무 크대요. 맞는 것 같아요. 어떻게 그런 걸 대화 몇 마디로 알지? 너무 신기해요."

그 얼마 뒤, 경아는 SNS 셀럽들의 어떤 파티에 초청되었고, 거기에서 이준서를 만났다. 경아가 익명에게 이야기해준 것은 그뿐이었다. 둘의 관계가 구체적으로 어떻게 시작되었는지, 어떻게 이어졌는지에 대해서는 말하지 않았다. 이준서는 경아가 정신과에 다니는 것을 반대했다. 경아는 이준서의 말대로 정신과 약을 끊었다.

경아가 이준서를 만날 즈음부터 익명은 이따금 경아의 아이디로 로그인해서 상황을 지켜보았다. 경아와 이준서는 SNS 다이렉트 메시지로는 별로 대화를 나누지 않았다. 이준서는 사귀기 전부터 경아가 비공개 계정을 새로 만들 것을 요구했다. 자기와 대화한 흔적이 남지 않게 하려는 것 같았다. 한술 더 떠 본인 명의 핸드폰을 하나 더 만들어 경아에게 준 것도 같은 의도였을 것이다.

이것이 익명이 들려준 정보의 대략이었다.

안전

토요일이라 운동을 거르고 조금 여유 있게 일어났다.
알람은 언제나와 같이 진동이었다. 핸드폰을 쥐고 자면 손
이 부르르 떨려 바로 눈을 떴다. 자다가 놓쳐도 작디작은
고시텔 침대가 온통 진동해 금방 일어날 수 있었다. 간밤에
무슨 꿈을 꾸었는지 생각나지 않은 지 오래되었다.

7시 반이었다. 입맛을 쩝쩝 다시며 부엌으로 올라가 물
을 받아 마시고 옥상으로 나가서 엄마에게 전화를 걸었다.

"여보세요, 자고 있었어? 나 좀 급해서."

엄마는 잠이 덜 가신 목소리로 응, 응, 했다.

"일정 보니까 정장 맞출 시간이 오늘밖에 안 나겠더라
고. 정장값 좀 보내줄 수 있어? 지금."

"계좌로 보내줘? 백화점 상품권 받은 거 있어서 그거
주려고 했더니만."

"설 선물 들어왔어?"

엄마는 뜨드드드 하고 이상한 소리를 냈다. 기지개를
켠 모양이었다.

"아니, 경아 친구가 저번에 준 거 있어."

"무슨 대학생 친구가 백화점 상품권을 들고 다녀?"

"경아 남자 친구 같았는데…… 뭐라더라, 경아가 뭐 맛
있는 걸 해줘서 어머니한테 감사했대."

이준서. 엄마도 이준서를 본 적이 있다. 이준서는 심지
어 엄마에게 선물까지 줬다.

다른 사람도 아닌 엄마와, 길지도 않은 통화를 하면서
도 긴장의 끈을 늦출 수가 없다는 점에 은근히 화가 났다.
쪼그려 앉아서 수면 바지에 손가락으로 글씨를 쓰며 엄마
의 말을 들었다. S, T, R, E, S, S. 글자는 수면 바지의 결을
따라 나타났다 금방 사라졌다. S, T, R, E, S, S, E, D.

"참 개는 장례식에 부를 걸 그랬다. 내가 연락처도 모
르고 경황도 없었네. 알아볼 생각도 못 하고."

왜 불러? 잔치 났어?라고 하고 싶었지만 참았다. 여기
서 화를 내면 지금까지 참아온 것들이 전부 물거품이 되니
까. 참자. 참자.

"엄마, 나 정장."

"응 그렇지 그렇지. 오늘 엄마랑 백화점 갈래? 간만에 맛있는 것도 먹고 너도."

"나 뭐 엄마랑 신나게 쇼핑하고 그럴 여유 있는 거 아니야. 오후에 스터디 있고, 가까운 데 가서 대충 빨리 둘러보고 몸에 맞는 거 살 생각이야."

"기왕 사는 건데 그렇게 하면 어떡해? 신중하게 골라야 오래 입지, 안 그래? 그리고 엄마랑 만나야지 상품권을 주지. 상품권은 입금이 안 되잖아."

"돈 보내면 되잖아!"

결국 소리를 지르고 말았다. 엄마와의 대화는 왜 매번 이런 식이 되는 걸까. 별로 그럴 마음은 들지 않았지만 사과부터 해야 했다.

"소리 질러서 미안해."

조용했다.

"맡겨놓은 것도 아닌데 돈 달라고 소리 질러서 더 미안하고. 그런데 나 정말 시간 없어. 엄마랑 이런 실랑이 벌이는 시간도 아까워."

엄마는 그제야 대답을 했다.

"엄마랑 얘기하는 시간이 아까워?"

"엄마."

"어떻게 네가 나한테 이러니."

더 이상 할 말이 없었다. 다 때려치우고 싶은 마음이 굴뚝같았다. 수화기에서 침 삼키는 소리가 건너왔다.

"됐어, 그럼. 그냥 있던 옷 입고 면접 보러 가지 뭐. 내가 알아서 할게. 아침부터 전화로 난리 피워서 미안해."

"경아야, 아니 아니 수아야. 수아야!"

엄마는 내가 정말로 전화를 끊을까 봐 겁이 났는지 다급하게 외쳤다. 나는 조금 여유를 두고 짧게 대답했다.

"왜."

"지금 보낼게 돈. 정장 사러 가면 사진 찍어서 엄마도 보여줘."

"알았어. 고마워."

끊으려다 갑자기 뭐가 또 생각이 나서 나도 엄마를 급하게 불렀다.

"엄마. 엄마! 엄마 끊지 말아봐."

"응, 네가 끊어."

"그게 아니고, 아까 경아 친구가 백화점 상품권 줬다고 했잖아."

"응, 경아가 뭐를 맛있게 해줬대. 뭐였지 그게. 아 참 그래, 떡볶이라고 했다. 경아가 떡볶이를 잘했나?"

내가 물어보려던 것은 상품권의 액수였지만 액수는 아무래도 상관없게 되었다.

"알았어. 끊어."

이준서 이 씨발 새끼. 죽여버린다.

진짜로 반드시 죽이고 만다.

경아의 백업 폰에는 경아가 주로 사용하던 생리 주기 기록용 애플리케이션이 있었다. 디자인이 직관적이고 세련된 느낌이었고 기록만 꼼꼼히 해두면 생리 주기, 관계 가진 날을 한눈에 볼 수 있어 편했다. 생리 기간은 붉은 핏방울 아이콘으로, 성관계는 하트 모양 아이콘으로 표시되었다. 하트는 색깔로 다시 구분할 수 있었는데, 피임구를 사용했거나 동성 파트너와 관계를 가졌을 경우에는 녹색 하트, 피임구 없이 이성간 결합을 한 경우에는 빨간 하트였다. 날짜를 터치하면 해당 날짜에 대한 짤막한 메모를 남길 수도 있어서 간단한 일기장으로 쓸 수도 있을 것 같았다.

최근 1년 사이 생리 주기 달력에 처음 하트가 나타난 것은 대략 네 달 전이었다. 이준서와 만난 지 한두 달 뒤쯤일까. 경아야 이건 조금 빠른 것 같다, 고 나는 속으로 뇌까렸지만 이러나저러나 부질없는 생각이었다. 그로부터 2주 뒤에 또 하나의 하트가 나타났다. 빨간색이었다. 탭해서 달력을 넘기니 한가운데에 붉디붉은 구간이 있었다. 핏방울 마크와 하트 아이콘이 일주일 내내 같이 있었다. 그다음 달도 그랬다.

이준서는 처음부터 끝까지 단 한 번도 피임구를 사용하지 않았다. 경아는 임신 가능성이 부담스러워 섹스는 괜찮지만 피임구가 없으면 싫다고 했겠지. 이준서는, 그럼 '안전한 날'을 알려달라고 했을 것이다. 경아는 생리 주기가 불안정해서 그런 건 잘 모르겠다고 했을 것이고, 이준서는 이렇게 되물었을 것이다.

그럼 생리 중일 때는 괜찮겠네?

떡볶이라는 은어는 교생실습 중에 배웠다. 생리 중인 여자와 하는 섹스를 떡볶이라고 한다는 것을 성인, 그것도 교사에 준하는 입장이 되어 남자 고등학생들에게 들었다. 정말 수치스러운 일이었다. 그래도 그때 배워두길 잘했네. 몰랐으면 나도 경아가 이준서한테 떡볶이를 해줬다고? 얼마나 맛있었길래 어머니한테 고마워서 백화점 상품권을 선물해? 이러고 있었겠지. 미친 개 같은 새끼, 기만도 정도가 있지.

떡볶이가 그렇게 맛있어서 내 동생 죽였냐?

오전 10시 아울렛 개업 시간에 맞춰 지하철역에 도착했다. 면접 대비 정장이 필요한 것도, 정장을 살 시간이 지금뿐인 것도 사실이었다. 지하철역 편의점에서 산 일회용 마스크를 착용하고 건물 안으로 들어갔다.

주말의 아울렛이어서 그런지 개점 직후인데도 사람이 적지 않았다. 아울렛 6층으로 곧장 올라갔다. 여성 정장 코너는 비교적 한산한 느낌이 들었다.

쓸데없는 장식이 들어가지 않은 정장 재킷 몇 벌을 점찍어두고 차례차례 입어보았다. 팔을 들었을 때 겨드랑이나 어깨 품이 어색하지 않은지, 허리를 숙이면 등이 미어지는 느낌이 들지는 않는지 따지다 보니 후보가 금세 두어 벌로 좁혀졌다. 완전히 까만색인 게 나을지 밝은 곳에서 보면 조금 남색이 도는 게 좋을지 고민이 되었다. 내 눈엔 까만색이 덜 촌스러워 보이는데 카페에서 정장을 단 한 벌만 마련할 거라면 남색 계열로 하라는 조언을 본 기억이 났다.

아랫도리는 치마가 좋을지 바지가 좋을지 계속 고민이 되었다. 거울 앞에서 사진을 찍어 엄마에게 보냈다. 치마랑 바지 중에 뭐가 낫냐는 질문을 덧붙였다. 10분, 20분이 지나서도 메시지 확인 표시가 없어지지 않았다. 예상대로였다. 어차피 바로 답장도 안 하면서 뭐 하러 사진을 찍어서 보내라는 거야.

그 순간 누군가 뒤에서 종아리를 툭 건드렸다. 마침 미디스커트를 입고 있던 참이어서 결제도 안 한 정장에 발자국이 남는 불상사는 피했지만 기분이 좋을 턱은 없었다. 하지만 이건 계획된 사고였다.

"아. 뭐야."

나는 호들갑스러울 만큼 짜증을 내며 돌아보았다.

"죄송합니다. 다치신 곳은 없으세요?"

알아볼 수 있는 얼굴이었고, 익숙한 목소리였다. 익명이었다. 응급실에서 보았던 그 사람이었다.

"아이고, 먼지가 많이 묻었네요."

익명은 부산스럽게 먼지를 털어주는 척하면서 내가 입고 있는 재킷 주머니에 쪽지를 넣었다.

"아, 됐어요."

익명은 죄송하다는 말을 연발하며 고개를 조아리더니 유유히 매장을 빠져나갔다.

나도 곧장 카운터로 가서 입고 있던 재킷과 치마, 아까 입어본 바지를 전부 달라고 했다. 기본 셔츠도 흰색, 연푸른색으로 하나씩 샀다. 화장실에서 재킷 주머니에 든 쪽지를 꺼내 펼쳤다. 지하 3층 주차장, 회색 미니밴, 3794. 화장실을 나와 엘리베이터를 탔다.

3794 미니밴은 엘리베이터 바로 앞에 서 있었다. 여기 장애인 전용 주차구역 아닌가 하고 보니까 차 옆면에 복지시설 이름이 붙어 있는 장애인 차량이었다. 이미 시동이 걸려 있길래 얼른 조수석에 올라탔다. 익명은 그대로 차를 출발시켰다.

"안녕하세요. 제대로 인사드리는 건 처음이네요."

"네, 안녕하세요."

점심시간 직전이어서인지 아울렛에서 나온 직후부터 차가 조금씩 밀렸다. 익명도 그걸 의식해서인지 쓸데없는 것을 물었다.

"식사는 하셨나요."

"안 했으면 어쩌시게요. 우리가 오붓하게 밥 먹으면서 대화할 사이는 아니잖아요."

익명은 희미한 목소리로 그렇네요, 했다. 날씨가 화창했다. 해야 할 이야기가 무척 많았지만 어떤 이야기부터 꺼내야 할지 감이 잘 오지 않았다.

"수아 씨는 결심이 선 겁니까?"

"글쎄요……. 결심을 했다기보다는…… 다른 생각이 안 들어요. 그렇게 해야만 하는 일 같아요."

익명은 또다시 들릴락 말락 한 소리로 저도 그런 것 같습니다, 라고 했다.

"아저씨는 왜 그러는데요? 경아가 아저씨한테 그렇게 중요한 사람이었어요? 일이 잘못되어서 중형에 처해져도 상관없을 만큼?"

익명은 난처한지 운전대를 세게 쥐었다 놓았다를 반복했다. 익명은 양손에 장갑을 끼고 있었다. 몇몇 손가락 관절의 움직임이 약간 어색했다. 왼손 엄지, 검지. 오른손 검지. 어색한 게 아니라 비어 있었다. 익명의 손가락은 총 여덟 개, 또는 일곱 개 반이었다. 내가 손을 보고 있다는 사실을 의식했는지 익명은 쥐기를 멈추었다.

"어릴 때……."

"안 물어봤는데……."

"동상이었습니다. 밖에서 그런 것도 아니고 집 안에서요. 형편이 아주 안 좋았거든요."

"어릴 때 그랬으면 뼈가 계속 자랐을 텐데요."

"자랄 때마다 잘라냈습니다."

익명은 아무렇지도 않아 보이는 표정으로 말했다.

"참고로 손만 그런 것은 아닙니다."

어떻게든 화제를 전환하고 싶었다. 다른 얘기를 하기엔

시간이 부족하기도 했다.

"그날 무슨 일 있었는지 얘기해주세요. 목격하신 거."

"사진도 보냈고 다 이야기했는데, 뭐가 더 궁금하신 겁니까?"

"그 사람들 누군데요?"

"이준서가 고용한 흥신소 직원들입니다."

차는 로터리를 빙글빙글 돌기 시작했다.

"세 사람 뒷모습 기억하시죠, 어두워서 잘 찍히진 않았지만 이준서를 차에서 꺼내는 모습이었습니다. 이준서는 살인을 의뢰한 게 아니라 자기만 구해달라고 의뢰한 겁니다."

흐릿하던 그림이 조금씩 뚜렷해졌다.

"경아한테는 동반 자살하자고 하고 말이죠."

"맞습니다. 경아에겐 수면제를 먹이고 자기는 먹지 않은 것 같아요. 독한 놈이죠. 차에서 꺼내자마자 구토를 했습니다."

"그 상황에서 어떻게 경아만 남은 거예요?"

"콘솔박스 아래 보시면 메가폰이 하나 있어요."

"그러네요."

나는 발치를 보며 대답했다. 콘솔박스에 들어가지 않을

만한 크기의 확성기가 놓여 있었다.

"이 차에 주로 타시는 분들은 노령이거나 장애가 있기 때문에 차 안에서 돌발 상황이 발생할 때는 양보를 받을 수 있어야 하거든요."

확성기에 달린 사이렌 소리로 이준서와 흥신소 직원들을 쫓아냈다는 말이었다.

"이건 제 생각이지만…… 이준서, 차해경은……."

그사이 차는 로터리를 빠져나가 교차로를 크게 한 바퀴 돌고 다시 로터리로 돌아온 참이었다.

"애인과 동반 자살을 하려고 했지만 슬프게도 자기만 살아남은 사나이, 이런 캐릭터로 유명해져보려고 한 것 같습니다. 연예인이니까요. 좋은 이야기만 들을 수는 없겠지만 얼마간 동정표를 얻으면서 우수에 찬 남자 행세는 할 수 있을 테고, 이도 저도 아니라 해도 한 번 큰 관심을 모을 수는 있었겠죠."

"일리가 있네요."

앞뒤를 아무리 맞춰보아도 경아는 별 저항 없이 이준서의 차에 타고 얌전히 수면제를 받아먹은 것 같았다. 동반 자살하자는 설득이 아니었다면 그렇게 하긴 어려웠을 것이다. 어쩌면 이준서는 정말로, 어느 정도는, 경아와 같이 죽고 싶었을지도 모른다. 반 이상은 진심이었으니까 경아를 설득할 수 있었겠지. 물론 데뷔한 지 얼마 되지도 않아, 임신시켜버린 여자 친구를 처리하고 싶은 마음이 더 컸겠지만. 그런 심정과 그런 의도에서라면 상식적이지는 않지만 묘하게 실리적인 선택이라고 할 수도 있었다. 죽어줬으면 싶은 사람을 손수 죽이지 않고, 설득해서 자살하게 만든다. 필요하다면 함께 죽는 척 퍼포먼스도 벌여가면서. 그러다 실수로 자기도 죽는디먼? 뭐, 살인자가 되는 것보다는 낫지 않을까.

이준서의 생각, 이준서의 마음, 이준서의 기분, 이준서의 입장 같은 것에는 전혀 공감이 되지 않고 굳이 그러고 싶지도 않았지만, 어쩔 수 없이 상상해야만 했다. 그따위 것을 필사적으로 상상해야 한다는 사실이 참담했다. 익명도 그랬을 것이다. 익명은 나보다 좀 더 오래 이준서를 생각했을 것이다. 그런데, 그럼에도 불구하고, 익명이 들려주는 이야기에는 묘한 위화감이 있었다. 익명은 경아가 임신했다는 사실을 전혀 모르는 것 같았다.

"그런데 흥신소 직원들이 사이렌 소리를 듣고 겁을 먹어서 이준서를 데리고 달아난 겁니다. 이준서가 세운 계획은 이준서가 직접 구급차를 불러야 의미가 있는데."

역시 경아의 임신을 변수에 넣지 않고 있는 말이었다. 익명의 말대로 이준서가 경아와 함께 발견되었다면 경찰에 사건 접수가 되었을 가능성이 매우 높고, 그랬다면 경아도 부검을 받았을 테고, 그랬으면 경아가 이준서의 아이를 임신 중이었다는 사실이 간단히 밝혀졌을 것이다. 그렇게 되면 동반 자살에 실패한 비운의 어쩌고저쩌고는 고사하고, 연예인이면서 일반인 여자 친구를 임신시키고는 여자 친구만 죽게 만든 희대의 쓰레기가 되는 것이다. 원래의 진상에 가깝게.

결국 이준서는 사건 현장에서 자기를 구출하는 것뿐 아니라 최대한 멀리 보내는 것까지 의뢰해야 했을 것이다. 경아의 핸드폰들을 회수할 것과 더불어. 이준서의 의뢰는 거의 성공한 것이었다. 익명에게 당신이 잘못 생각하고 있는 부분이 있다고 말해도 괜찮을지 망설여졌다. 판단을 보류하기 위해 말을 돌렸다.

"이준서 차 말고도 또 도청기 단 곳 있어요?"

"없……."

익명은 대답하려다 말고 당황하여 나를 쳐다보았다.

"운전하세요. 집중해서."

"어떻게……."

"그걸 어떻게 몰라요. 아저씨가 한 말들을 잘 곱씹어 보세요. 아저씨 위치가 정확히 어디였는지는 모르겠지만 한밤중에 저기 떨어져 있는 차에서 무슨 상황이 벌어지는지 그렇게 자세히 알 방법이 또 뭐가 있어요. 그리고 애초에 아저씨 거기 왜 가 있었는데요? 차 안 상황이 뭔가 이상한 것 같으니까 바로 따라간 거 아니에요. 아, 그럼 위치추적기도 달았겠구나."

익명은 잠자코 차를 몰았다.

"제 말이 맞아서 아무 말 안 하시는 걸로 알게요. 탓하려는 건 아니에요. 결과적으로는 감사해야 하는 일 같아서 저도 기분이 묘하네요."

"별말씀을요."

"제가 궁금한 건 그 부분이에요. 왜 그렇게까지 했을까. 왜 경아 남자 친구 차에다 도청기를 달았을까……."

익명은 얄밉게 고맙다는 말에만 대답하고 불리한 부분은 함구하려고 들었다. 함구해봤자 단순한 인간이었다.

"이 아저씨 경아 많이 사랑했구나 싶더라고요."

"저는 경아를……."

익명은 있는 힘껏 안전하고 청결한 단어들을 골랐다.

"경아는 진짜 천사였습니다……. 세상의 어떤 결함

을 가진 인간이든 받아줄 수 있는 사람. 그게 경아였습니다. 예수의 지친 발을 머리카락으로 씻겨줄 마리아와도 같은…….”

“아저씨, 그냥 건조하게 사랑했다고 해도 돼요. 뭘 또 받아주고 씻겨줘. 그렇게까지 말하니까 아저씨가 경아랑 잠이라도 잔 것 같잖아요. 역겹게.”

일부러 세게 말했더니 익명은 벌컥 화를 냈다.

“경아를 대상으로 그런 더러운 생각은 절대로 안 합니다! 말조심하세요.”

절대로 하지 않는다는 말은 거짓말이다. 화를 내는 것이 그 증거다. 이미 그에 대해 생각은 해본 적이 있는데, 그게 옳지 못한 생각이라는 가치판단을 내린 것이다. 그렇게 도달한 결론이 지금 얘기한 바와 같다. 경아를 너무도 정결하고 고결한 인간으로 생각해서 성욕 분출 대상으로는 생각할 수 없다는 입장.

이 인간에게 경아가 임신했었다는 사실은 절대로 알리면 안 되겠다는 생각이 들었다.

연심인지 경외심인지 모를, 경아에 대한 익명의 마음이 최대한 훼손되지 않도록 하면서 일이 끝날 때까지 이용해야 했다. 알고는 있었지만 만만치 않게 미친놈이었다. 그런

인간과 같은 차를, 그런 인간이 모는 차를 타고 있다는 게
새삼스럽게 겁이 났다.

"수아 씨는…… 확실히 경아와는 다르시네요."

"자주 들어요."

익명은 한숨을 내쉬었다.

"수아 씨는 무섭습니다."

피차 마찬가지였다.

폼페이

요구대로 익명은 노량진까지 나를 데려다주었다. 차에서 내릴 즈음에는 외투 아래 등허리가 온통 축축했다. 식은 땀이었다.

스터디 카페 예약 시간까지 40분 정도가 남아 있었다. 조금 서두르면 고시텔에 들러서 쇼핑백을 내려놓고 대충이라도 씻고 나올 수 있을 것 같았다. 할 일이 태산인데 감기라도 걸리면 큰일이었다.

스터디 카페에는 정각에 도착했다. 다른 멤버들도 모두 도착해 있었다. 평범한 사람들이었다. 인근 학원가나 식당, 문구점에서 어깨를 한두 번은 스쳤을 법한. 간단하게 인사를 나누고 시간을 나누어 모의 수업 실연을 하고 서로 피드백을 주고받았다. 4인실 스터디 룸은 고시텔 방만큼 좁았지만 칠판을 활용할 수 있는 점은 좋았다. 장수생들이 각각 면접 관련 숙지 사항을 정리해 프린트로 만들어 왔다. 부탁한 적도 없는 좋은 자료여서 두 분 다 고생하셨다고 하니 자기 보려고 만든 김에 가져왔다며 손을 내저었다.

삼수생과 초수생은 헤어지기 전 식사라도 하기를 바라는 모양이었지만 사수생은 과외가 있다며 바로 자리를 떴고, 나도 시험 끝나고 뒤풀이 한번 하자며 정리했다. 말은 그렇게 했지만, 다들 무난하게 좋은 사람이라는 인상을 받았지만, 누구는 합격하고 누구는 탈락한 다음에 다 같이 웃으면서 볼 수 있을지 잘 모르겠다는 생각이 들었다. '사람 일 모르는 거다'라는 흔한 말이 요즘처럼 와닿는 나날이 없었다. 시험이 끝난 직후, 합격 발표 전이라도 다를 게 없었다. 어떤 사람은 잘 보고, 어떤 사람은 망칠 것이고, 2차 시험 끝나자마자 다시 1차 공부를 시작하는 사람도 있을 것이다.

이따금 폼페이 생각이 났다. 경아가 사진 하나를 보내준 적이 있었다. 사타구니에 한 손을 얹고 있는 사람의 형상이었다. 자위하다가 죽은 남자라고 경아는 설명했다. 영미권 SNS 유저가 'Masturbating Man, Pompeii'라는 코멘트와 함께 올린 것을 캡처한 이미지였다. 핸드폰을 쥐고 낄낄거리는 사이 경아가 사진을 또 하나 보냈다. 껴안고 있는 두 사람의 형상이었다. 자위하는 남자와 비슷한 질감인 것을 보아 또 다른 폼페이 유해인 듯했다. 나는 경아가 다시 여행 이야기를 시작하려는 것을 알았다. 나중에 꼭 보러 가자. 나는 말했고 경아도 고개를 끄덕이는 캐릭터 이모티콘을 보내왔다.

경아가 보내준 사진들을 생각하면 어디에서 무엇을 하다가 최후를 맞을까 자문하게 되곤 했다. 대단히 영예롭거나 기억할 만한 죽음 같은 건 상상하기도 어렵고 딱히 끌리지도 않았다. 조용하고 평범한 시체가 되는 일에도 사실은 상당한 운이 필요했다. 재수가 없으면 끔찍하게, 우스꽝스럽게, 원치 않는 장소에서 믿을 수 없이 민망한 상태로 죽음을 맞을 수도 있다는 새삼스러운 사실에 대해 나는 필요 이상으로 자주, 오래 생각했다.

나중에 찾아보니 자위남Masturbating Man은 자위를 하고 있던 게 아니라는 설이 있었다. 화산재를 뒤집어쓴 유해가 식으면서 근육이 수축되어 손이 사타구니로 움직였을 가능성이 있다는 것이었다. 그렇다면 서로 껴안은 채 굳어버린 폼페이의 연인들은? 원래는 그런 자세가 아니었는데 그들의 근육도 의도와 상관없는 방향으로 움직였다는 말인가.

중요한 부분은 자위남이 정말 자위를 하고 있었는지 그렇지 않은지가 아니라, 사람들 사이에서 그런 것으로 갑론

을박이 벌어진다는 사실 그 자체였다. 모두들 죽음에서 가장 '마땅한' 이야기를 추출하고 싶어 한다는 것. 연인의 유해에는 그들의 자세처럼 견고한 로맨스가 어울리기에 근육이 어쩌고 하는 이야기를 굳이 꺼내지 않지만, 자위남의 유해에는 어쩔 수 없는 과학적인 사연이 있었다는 이야기를 덧붙여 그의 명예를 조금이나마 지켜주고자 하는 것.

물론 죽음을 독한 우스개쯤으로 여기고 싶어 하는 사람들은 어디에나 있고, 그건 그 개인의 선량함과는 아무래도 상관이 없다. 그래도 나머지 많은 사람들은 죽음이 부끄럽거나 우스운 일이 되는 것을 바라지 않는다. 전혀 모르던 낯선 이의 죽음을 대할 때조차 그렇다.

경아의 경우는 어떤지 생각하지 않을 수 없었다. 공식적으로 경아의 죽음은 자살이었고, 실제로 경아가 했던 행동들을 복기해보아도 거의 그렇다고 할 수 있었다. 하지만 경아는 살해당한 것이었다. 자살했지만 살해당했다. 나로서는 납득이 되지 않는 이야기였다. 경아를 죽게 만든 인간이 아직도 살아 있다는 것은 이해할 수 없는 일이었다. 나는 이에 대해 아주 집요하게 고민했다. 무엇이 필요할까. 모두가 납득할 만한 이야기에는.

고시텔로 돌아오는 길에 은행 365 코너에 들러 입출금 내역을 찍어보았다. 정장값으로 받은 돈에서 5만 원 정도 여유가 났고 카페 아르바이트 급여도 들어와 있었다. 현금을 조금 찾아서 생활용품점과 문구점에서 필요한 물건들을 샀다.

고시텔로 돌아와 한동안 꺼내보지 않던 물건들을 찾았다. 책상 서랍 맨 아래 칸에는 색조 화장품이, 침대 밑에는 구두 상자가 있었다. 무릎을 꿇고 엎드려 양팔을 쭉 뻗으니 요가의 고양이 자세가 연상되었다. 구두 상자가 생각보다 깊이 들어가 있어 꺼내는데 애를 먹었다. 만약 무슨 사고가 나서 내가 이 자세 그대로 죽어서 발견되면 얼마나 쪽팔릴까 하는 생각이 문득 들었다. 구두는 뚜껑 달린 상자 속에 보관한 덕에 먼지를 거의 타지 않았다. 높이도 적당하고 과한 장식이 없어서 수업 실연과 면접 때 신을 만해 보였다.

별로 많지도 않은 화장품 절반이 굳거나 말라 있었다. 오랫동안 쓰지 않은 탓이었다. 쓰던 화장품을 담아둔 플라스틱 바구니 밑에는 경아가 준 메이크업 키트가 있었다. 고시텔로 나와 살기 시작한 지 얼마 되지 않았을 때 받아서는 뜯지도 않고 그대로 넣어둔 새것이었다. 대충 새로 론칭한 화장품 브랜드에서 SNS 셀럽들에게 보내주는 선물을 내게

넘긴 것인 줄 알았는데 포장을 뜯어보니 경아가 쓴 포스트
잇 편지가 들어 있었다.

> To. 쩌는 수아 언니
>
> 언니 안녕 나 리아야! 언니 화장 잘 안 하는 거 알지만
>
> 선생님 되면 필요할 것 같아서 큰맘 먹고 백화점 가서 샀어!!
>
> 언니 맨날 집에서 보다가 없으니까 뭔가 이상하다 ㅎㅎ
>
> 잘 못하겠으면 내가 해줄 테니까 꼭 얘기해줘!
>
> 언니 면접 볼 때 화장 내가 해주고
>
> 합격하면 너무 행복할 것 같아.
>
> 공부 열심히 해! 사랑해~
>
> From. 리아짱

　9.11 테러의 피해자 유가족 인터뷰를 본 기억이 났다.
테러로 아내를 잃은 남자가 벽장에서 오래된 공을 발견한
이야기였다. 바람도 조금 빠져 있고 오랫동안 쓰지 않아 지
저분했지만 버릴 수 없었다고. 거기에 아내의 숨결이 들어
있다는 것을 알기 때문에. 비교해도 괜찮을지 망설여지지
만, 말하자면 그런 기분이었다.
　감상에 빠질 시간은 없었다.

못 쓰게 된 화장품은 전부 버리고 경아가 준 화장품은 편지와 함께 그대로 넣어두었다. 인터넷에서 면접 메이크업을 검색해 새벽에 서비스를 받을 수 있는 미용실을 검색해보았다. 어차피 안 하던 솜씨로 어설프게 하는 것보다는 돈을 좀 쓰는 쪽이 마음 편할 것 같았다. 생각해보니 시험 장소로 공지된 곳이 노량진보다는 본가 동네에 더 가까워서 잠깐 고민을 했다. 2차 시험 기간 동안 본가에서 시험장까지 왕래하는 것과 그대로 고시텔에 있는 편의 득실을 따져보다가 노량진 근처 미용실에 이틀 연속 예약을 잡아두었다. 시험 직전에 생활환경을 갑자기 바꾸면 오히려 긴장이 심해질 것 같았고, 만에 하나라도 시험 전후 엄마나 아빠와 신경전을 벌이기라도 하면 스트레스를 감당하기 어려울 것 같았다.

구입한 정장을 다시 입어보면서 코디 계획을 세웠다. 정석은 흰 셔츠와 검정색 스커트겠지만 자신감 있고 시원시원해 보일 푸른색 셔츠에 바지 정장도 포기하기 어려웠다.

사 온 물건을 적당히 정리하고 빨랫감을 타폴린 백에 담았다. 아껴 입던 코트를 꺼내 타폴린 백과 함께 들고 고시텔을 나섰다. 코인세탁방에서 빨래를 돌리고 바로 옆 세탁소에 코트를 맡겼다. 근처 밥집에서 찌개백반을 먹고 코인세탁방으로 돌아갔다. 건조기에서 빨래가 돌아갈 동안 일정을 체크했다. 수업 실연 평가까지는 열흘 정도가 남아 있었다. 일요일을 기점으로 시험 예상 시간에 맞춘 루틴을 다시 잡아볼 필요가 있었다. 주말에는 이번 주와 같은 오프 스터디가 있었고 수요일과 금요일에도 중요한 일정이 있었다. 이제부터는 상상력이 무엇보다 중요했다.

잘할 수 있을 것 같다는 강한 확신이 들었다.

친한 언니

"웬일이야. 먼저 전화를 다 걸고."

대부분의 경우 자존심은 실용적인 감정이 되지 못한다. 내게도 예외는 아니다. 나는 자존심이 센 편이라는 평가를 종종 듣고, 스스로도 어느 정도는 그렇게 생각하지만, 도움이 필요한 때에 자존심을 앞세울 만큼 멍청하지는 않다. 그럼에도 결국 뭔가를 혼자서 해내야 할 때가 많았던 것은 자존심이 세서가 아니라 도움을 청해도 좋을 만큼 믿음직한 사람을 선택하기가 어렵기 때문이었다.

"잠깐 만나서 얘기해요."

후보는 많지 않았지만 적지도 않았다. 먼저 떠오른 쪽은 약대였다. 약대에게는 내 부탁을 들어주어야 할 당위가 있었다. 도움을 청한다기보다는, 경아가 죽었다는 이야기를 퍼뜨린 죄를 만회할 기회를 주는 것. 약대는 내 부탁을 거절할 수 없을 것이다. 꼭 자기 잘못 때문이 아니라, 나를 좋아하면서 한편으로는 무서워도 했던 애니까.

그렇지만 걔는 내 부탁을 들어줌과 동시에 조만간 내가 저지를 일의 증인이 될 것이다. 펑거보드의 꼬리뼈가 박살 난 것이 나의 고의 때문이었다는 것을 눈치챘던 것처럼, 내가 왜 이런 부탁을 하는지도 알아차릴 것이다. 임수아가 그런 거라고 소문내봤자 믿어줄 사람이 아무도 없었던 고등학교 때에 비하면 위험부담이 훨씬 컸다.

눈치 빠르고 입이 가벼운 약대 같은 사람보다는, 알고도 모른 척해줄 사람이 필요했다. 혹시 역으로 뒷조사라도 당할 경우를 생각하면 나와 고등학교 동창 같은 것이 아닌 편이 낫기도 했다. 만난 기간은 짧지만 어째선지 나를 좋아하는 사람, 그런 사람이 필요했다.

"그럼 만나서 저녁 먹을까? 지금 어디야?"

"스터디 모임 끝나고 언니 카페로 가고 있어요."

"왜, 내가 나갈게. 나가서 맛있는 거 사줄게."

"다 왔어요."

겨울이라 해가 짧고, 해가 짧아 안이 밝고, 안이 밝고 밖은 어두워 언니에게는 창밖에 서 있는 내가 잘 보이지 않았겠지만, 나는 카운터에서 내 전화를 받고 있는 언니를 볼 수 있었다. 어떻게 저렇게 선한 얼굴로 기뻐하고 있을까. 바로 문을 열기 민망할 정도의 밝기였다.

신입 아르바이트생에게 매장 관리를 떠넘기고 쌀국수와 돈까스를 세트로 파는 식당에 갔다. 나로서는, 일요일 저녁인데도 웬일로 손님이 없길래 저기 들어가자고 한 것이었는데 언니는 고시촌에 즐비한 이런 괴상한 식당이 자긴 싫다고 종알거렸다. 베트남 요리와 일본 요리를 함께 파는데 먹어보면 결국 다 한국 맛이라고.

"그래서 할 말이 뭔데?"

만나자고 한 쪽은 나였지만 막상 마주 앉고 보니 입이 떨어지지 않았다. 나는 언니와 했던 마지막 대화를 떠올렸다. 대화가 아니고 내가 언니 목소리를 들으며 도망친 거였다. 테이블이 작아서 자꾸 언니 무릎이 내 무릎을 건드렸다. 언니는 여유롭다 못해 능글맞아 보였다. 나는 어렵사리 말을 꺼냈다.

"저 대신 차해경 좀 만나주세요."

"차해경이 누군데?"

나는 핸드폰으로 차해경이라는 이름을 검색해 언니 앞에 내밀었다.

"아…… 연예인이야? 존나 듣보잡인가 보네."

경아 일이 아니었다면 나도 차해경이라는 이름을 평생 모르고 살았을 확률이 높을 거라는 생각이 문득 들었다. 언니는 대수롭지 않아 하는 태도로 핸드폰을 내려놓았다.

"얘 왜? 얘가 만나달래?"

"제가 만나자고 할 거예요."

언니는 대번에 불쾌한 기색을 드러냈다.

"너 이런 스타일 좋아해?"

만감이 교차했다. 농담이라도 어쩜 그런 말을. 혹시 이준서 씨냐고, 내가 물었을 때 익명의 기분이 이랬을까.

"아뇨. 당장 설명은 못 하겠어요. 그냥 저 대신 만나서……."

볼펜과 수첩을 꺼내 한 글자 한 글자 힘주어 눌러썼다. 언니는 내 쪽으로 몸을 기울인 채 내가 마지막 문장에 마침표를 찍을 때까지 지켜보았다.

"이렇게 전해주세요."

나는 언니가 잘 볼 수 있게 수첩을 돌려두었다가 찢어내서 컵에 든 물로 조금 적셨다. 몇 번 구겼다 폈다 해서 종이 떡으로 만든 다음 다시 잘 펴서 조각조각 찢고 구겨서 테이블 밑 휴지통에 넣었다. 내가 이 가게를 나선 다음 누가 휴지통을 뒤져 내가 쓴 메시지를 펴볼 가능성은 아주 적다는 것을 알면서도 그렇게 했다. 언니는 내가 그러는 것도 끝까지 보고 있었다. 언니의 대답은 간결했다.

"알았어."

예상한 것보다도 훨씬 흔쾌히 수락해서 조금 놀랐다. 이상한 것은 둘째 치고 결코 작지 않은 부탁이었다. 언니는 웃었다.

"나 차인 줄 알았는데 이용당하는 거구나."

"무슨 말을 그렇게 해요."

나는 펄쩍 뛰었지만 언니 말이 틀렸다고 할 수는 없었다. 카페 앞에서 언니의 환한 얼굴을 보았을 때부터 내내 기분에 그늘을 드리운 것은 그 죄의식이었다.

"좋아서."

"뭐가 좋아요. 이용당하는 게."

"내가 좋아하는 만화에 그런 대사가 나와. 오빠한테는 이용당하는 것도 영광."

"너무 이상한 말이다."

"나야 오빠 같은 건 안 좋아하지만…… 그게 무슨 말인지는 알겠더라. 상대방이 너무 예쁘고 좋으면 얼마든지 이용당해줄 수 있는 거. 이용할 사람으로 날 떠올려서 오히려 고마울 지경인 거."

나는 이 와중에 예쁘고 좋다는 말을 듣는 게 부끄러워서 딴청을 부렸다.

"언니 진짜 이상한 사람이에요."

"너만큼은 아닐걸."

포털사이트 검색창에 차해경이라고 치면 대략 이런 정보가 나온다. 이름 차해경. 본명 이준서. 소속 비프라임 액터스 엔터테인먼트. 생일. 출신 학교. 데뷔작. 출연작. 가족관계.

별것 없는 출연작 목록보다 가족관계 쪽이 더 흥미로웠다. 이준서의 모친으로 링크된 사람은 지난 지방선거에서 교육감 후보에 나오기도 한, 연륜이 있는 교원이었다. 이름을 클릭해서 나온 얼굴을 보니 확실히 기억이 났다. 출연작이 별로 없는 신인배우 차해경보다는 교육감 후보로도 나온 적 있는 어머니 쪽을 알아보는 사람이 아직 더 많을 것 같다는 생각이 들었다. 교육감 선거 당시 차해경이 유세에 참여해서 어머니의 어깨에 손을 둘러 안고 찍은 사진을 관련 뉴스에서 발견했다.

차해경의 프로필에는 아버지 이름이 쓰여 있지 않았지만 전 교육감 후보의 프로필 가족관계란에는 배우자 이름이 링크되어 있었다. 기업인 이희중. 대표직을 맡고 있다는 회사는 이름도 들어본 적 없는 작은 기업이었지만 어째 관련 기사가 많은 것이 묘하다 싶어 좀 더 찾아보니 가족경영으로 유명한 대기업 경영진과 먼 친척관계였다.

즉, 남부럽지 않게 유복하지만 무슨 짓을 하고 다녀도 다 수습될 정도로 유력하지는 않은 집안.

앉은 자리에서 이준서의 부모 얼굴을 다 본 다음 내가 짐작한 바는 그랬다. 이준서가 저지른 일은 부모가, 일가친척이 몰라야 하는 사고에 속한다. 특히 모친의 경력을 보면 더더욱 그렇다. 표차 3퍼센트가 적은 수치라고 볼 수는 없지만, 초선에 2위를 달성한 이준서의 모친이 교육감 선거에 재도전할 가능성은 적지 않다. 유세 활동에도 데리고 다니던 배우 아들내미가 그새 여자 친구를, 그것도 SNS 셀럽이라는 여자애를 임신시켰다는 사실은, 차해경 자신의 경력보다는 교육공무원인 모친의 이력에 더 큰 흠집을 남길 것이다. 소위 재벌 집안인 먼 친척들의 경우 배우 차해경의 커리어를 지원하고 훗날 이용할 준비를 하고 있었을지 모르지만, 그보다는 분가의 삼남의 육촌 조카쯤 되는 꼴통 이준서가 불미스러운 사건을 일으키면 꼬리 자르듯 팽할 준비가 훨씬 철저하게 되어 있을 것이다.

지나치게 편의에 기대어 사태를 진단하고 있는 것은 아닌지를 의식하며 상황을 처음부터 되짚어보았다. 그럴수록 도리어 확신이 진해졌다. 이준서가, 차해경이, 자기가 저지른 일을 들키기 싫은 쪽은 대중이 아니라 가족이었을 것이다. 여자 친구의 임신을 부모에게 숨기고 싶어 여자 친구를 죽이는 것은 상식을 벗어난 극단적인 행동이다. 바꾸어 말해 이준서는, 상식을 벗어난 극단적인 수준으로 부모를 두려워하는 것이었다. 차라리 여자 친구를 죽이는 게 쉬울 만큼이나.

이런 관점에서 지금 이준서가 가장 두려워하는 상황 또한 추측해볼 수 있다. 임신한 여자 친구를, 그것도 그 애가 임신했다는 사실을 숨기고 싶어서 죽였다는 사실을 부모가 알게 되는 것이야말로, 이준서가 상상하는 일들 중 최악일 것이다. 경찰이나 언론 등의 제3자를 통해 부모의 귀에 이 소식이 닿는 것이 그중에서도 더 나쁠 것이고, 차라리 차악은 이준서가 스스로 부모에게 이러한 일들을 자백하는 것. 어쩌면 부모가 다른 유력자들의 힘을 빌려 이준서의 잘못을 덮어줄지도 모르니 그것은 차악이라기보다 최선의 자구책일지도 모른다. 그러나 이준서는 차악이든 최선이든 무엇도 택할 수 없다. 그럴 수 있는 사람이었다면 애초에 경아를 죽이지 않고도 그랬을 것이다.

이준서는 경아가 죽은 밤에 경아에게 전화를 걸었다. 익명의 증언대로라면 본인도 일산화탄소를 흡입한 지 한두 시간 이내의 행동이었을 것이다. 평소 연락은 자기가 경아에게 준 서브 폰으로 주고받았다고 했으니 자기가 경아를 죽였다는 사실을 잊어버린 채 전화를 걸었을 리 없다. 즉, 경아가 주로 사용하던 핸드폰이 어디 있는지 꼭 알아야만 했던 것이다. 일산화탄소 중독으로 의식이 흐렸을 그 와중에도 잊지 않을 만큼 중요한 문제였으나, 너무도 중요한 문제를 흐트러진 몸으로 바로 해결하려던 태도가 실수를 불렀다. 경아의 핸드폰을 확보했을 누군가에게 자기 이름을 노출한 것은 결코 작지 않은 실수였다.

이준서가 경아의 소식을 들은 때는 그로부터 수일 지나서였다. 인터넷 연예 언론 몇 곳에서 기사화한 봉사녀 임리아의 죽음에서는 의문사 의혹이나 경찰 개입의 흔적 같은 것이 보이지 않았다. 이준서는 안도했을 것이다. 이따금 경아의 SNS를 들여다보고 추모의 댓글들을 엄지손가락으로 쓸어가며 만족스러워했을 것이다. 전 여자 친구의 죽음과 그에 대한 애도가 자기와는 전혀 상관없이 이루어지고 있다는 사실에 크나큰 안도를 느꼈을 것이다.

그러다 래퍼에게 이상한 이야기를 들었겠지. 해경이 형, 리아 누나 죽은 거 맞아? 리아 누나가 어제 내 글 좋아요 했어. 그것도 자기 추모글에. 이준서는 어떻게 반응했을까. 그걸 자기가 어떻게 아냐고, 자기도 연락 안 된다고 말하는 게 고작이었을 테고, 내 생각보다도 머리가 나쁜 편이라면 아예 래퍼에게 화를 냈을지도 모른다. 래퍼는 해경이 형이 계속 모른다고만 한다고 말했다. 모른다. 차해경은, 이준서는, 임리아의, 임경아의 현재 상태에 대해 모른다. 틀림없이 죽었을 거라 믿는 한편, 모르니까, 죽은 게 아니라 죽었다고 소문만 난 거 아닌가 하는 래퍼의 의심에 얼마간 공감하고 있을 것이다. 자기 역시 죽다 살아나긴 했지만 자기가 고용한 사람들이 꺼내준 덕에 밀폐공간을 벗어나니 좀 괜찮아졌을 것이고, 예정보다 조금 빨리 차 문이 열린 바람에 임리아 역시 맑은 공기를 흡입하고 목숨을 건졌을지도 모른다는 상상. 더구나 그때 주변에서는 사이렌도 울렸다. 제때 구조된 임리아가 만약 살아 있다면? 살아 있지만 SNS 활동을 접고 죽은 척 몸을 숨기고 있는 거라면? 그게 자기에게 복수하기 위해서라면? 별별 생각이 다 들었겠지.

자루에 넣어 물에 던진 여자가 죽지 않고 정말로 마녀가 되어 돌아온다면.

이준서가 어떤 생각을 하고 있는지를 상상하다 보니 속이 울렁거렸다. 이준서가 경아의 죽음을 의심할 가능성을 생각하기 시작한 시점부터 급격히 상태가 나빠졌다. 내가 이준서의 불안이라 상상하고 있는 것이 나의 희망과 구분되지 않기 때문이었다. 경아는 살 수도 있었다. 이준서가 수면제를 먹인 것 같다고 했던가. 의식이 있었다면 경아도 차에서 탈출할 수 있었을 것이다. 일산화탄소 중독보다 더 나쁜 것은 의식을 잃은 상태에서의 일산화탄소 중독이다. 기도가 막혀도 알지 못한 채로 점점 더 심각한 산소 결핍 상태로 치달아간다고 들었다.

의식을 잃은 채로도 생존할 수 있었을지 모른다. 만약 경아가 20킬로그램쯤 더 무거웠다면, 차해경의 프로필에 나와 있듯 73킬로그램쯤 나가는 사람이었다면 경아는 병원에서 의식을 회복할 수 있었을 것이다. 사실 잘 모르겠다. 알코올 분해 능력이 그렇듯 체내 산소 운반 능력도 체중에 비례하리라는 건 딱히 의학적 근거가 있는 생각이 아니다. 그렇지만 이준서는 회복됐다. 회복되어서 래퍼에게 임리아의 죽음에 대해 모른다는 거짓말을 했다. 의식을 잃은, 자기보다 20킬로그램쯤 가벼운 여자에게 자기가 무슨 짓을 했는지를 부정했다. 73킬로그램 남자는 살고 53킬로그램 여자는 죽었다. 의식 유무보다도 이게 더 큰 차이로 여겨졌다. 경아도 73킬로그램이었다면 살아 있었겠지, 라는 생각.

그렇지만 경아가 정말 73킬로그램이었다면, 이준서는 경아를 자기 차에 태우지도 않았을 것이다.

내일모레 수요일 광화문 교보문고 오전 11시 32분
외국 소설 코너 ㅍ 서가 앞

망설일 시간이 더는 없었다. 내 생각이 과했든, 모자랐든, 아예 방향이 완전히 잘못되어 있었든, 조금이라도 빠르게 이준서를 만나야 했다. 경아의 계정으로 접속해 차해경에게 다이렉트 메시지를 보냈다. 일시와 장소 말고는 아무 말도 쓰지 않았지만 경아 아이디로 발신된 이상 이준서는 이것을 무시할 수 없으리라는 믿음이 있었다.

메시지를 보낸 다음부터는 앉아도 앉은 것 같지가 않고 누워도 누운 것 같지가 않았다. 일요일 밤 자기 전에 새로 만든 루틴과 그전까지 지켜오던 루틴이 헷갈려서, 나 말고는 누구도 눈치채지 못할 실수들을 저지르고 자책하기를 반복했다. 시시때때로 불안에 시달렸다. 혹시 이준서가 메시지를 못 본 척하면 어떡하지. 만약 나처럼 자기를 도와줄 다른 누구를 대동하면 어떡하지. 가령 이준서의 SNS 계정을 소속사에서 공동으로 관리하고 있으면 어떡하지.

아니다. 이준서는 이 일 앞에서 느끼는 혼란을 누구와도 공유할 수 없고, 따라서 어떤 도움도 받을 수 없다. 이준서는 직접 나타날 것이고, 누군가와 동행하더라도 나의 존재는 눈치챌 수 없으므로, 계획에는 차질이 생기지 않는다. 언니에게 도움을 구한 것도 이 모든 만약을 이미 생각해서니까.

의식은 무한히 안정과 불안정 사이를 오갔다. 영 입맛이 없어 끼니를 거른 배 속이 제멋대로 빨라진 심박을 따라 울렁거렸다. 수요일 아침에야 겨우 머리가 차가워졌다.

편의점에서 산 검정색 마스크를 끼고 언니한테 빌린 목도리를 두른 채로 언니를 만났다. 언니는 어디 아프냐고 물었고 나는 그냥 추워서 그런다고 했다. 얼굴을 가려도 수상하지 않은 계절이라 다행이었다.

"왜 약속 시간을 32분으로 한 거야?"

가는 길에는 지하철을 탔다. 이준서와 직접 대면해야 할 언니가 너무 아무것도 모르면 안 될 것 같아 차해경에게 보낸 다이렉트 메시지를 보여주었다.

"약간 편집증적인 사람이 보낸 듯한 느낌을 주고 싶어

서요."

"그러네. 왜 0이나 5로 떨어지지 않는 시간인가 싶어서 그것부터 궁금하게 되네."

언니는 끄덕거리더니 다시 물었다.

"근데 걔는 왜 만나려고 하는 거야?"

"전해야 할 말이 있다고 했잖아요. 무슨 말인지 잊어버린 거 아니죠?"

"아니, 내 말은, 그 말을 왜 전해줘야 하는 거냐고."

언니는 고개를 가로젓고는 불쑥 내 귀에 대고 속삭였다.

"걔, 살며시 죽여버리려는 거 아니야?"

나는 귀를 감싸 쥐고 한 걸음 물러났다. 가슴이 뛰고 귀와 연결된 볼이 따끔거렸다. 귓속말이어야 하는 내용이니 언니는 옳게 행동한 거였다. 적절치 못한 것은 나의 반응이었다. 나는 왜 갑자기 흥분한 거지? 그냥 그런 거 아니라고 하면 간단하게 넘길 수 있는 일을 가지고. 들켰다는 생각에 놀라서? 언니 행동이 돌발적이어서? 아니면 지금 이 와중에 설레는 건가, 이 사람한테?

그건 그렇고 살며시 죽여버리는 건 대체 어떻게 죽이는 거지. 아무렇지 않아 보이는 언니의 옆얼굴이 얄미웠다.

광화문역에 도착해서는 언니를 먼저 교보문고 쪽 계단

으로 올려보냈다. 그러고도 마음이 덜 놓여서 세종문화회
관 쪽 출구로 나갔다가 교보빌딩으로 걸어와서 엘리베이
터를 탔다. 그러고도 약속 시간 12분 전이었다. 외국 소설
ㅍ 서가 앞에는 이미 언니가 서 있었다. 언니는 그 자리에
서 벌써 마음 가는 책을 찾았는지 선 채로 책을 읽고 있었
다. 나는 장바구니를 끼고 핫트랙스와 문학 베스트셀러 코
너 사이를 서성였다. 두 개의 주 출입구와 외국 소설 코너
가 한눈에 들어오는 위치가 따로 없어서 어쩔 수 없었다.

씨발 새끼.

이준서가 나타난 것은 약속 시간 4분 전이었다. 마스크
를 끼고 모자를 쓰고 있었지만 한눈에 알 수 있었다. 쭉 사
진만 봐서 행여 실물은 알아보지 못하면 어쩌나 싶어 동영
상을 몇 개 챙겨봐둔 덕이었을까. 겨울옷을 입고 있어 단언
하긴 어렵지만 키가 크고 골격과 근육이 잘 잡힌 몸이었다.
나도 모르게 입 밖으로 소리 내어 씨발 새끼라고 하진 않았
는지 별안간 걱정이 되었다. 주중 오전인데도 손님이 꽤 있
었다. 딱 이 정도. 사람이 많아 약간 소란한 듯하면서도, 모
두들 지나가는 서로에게 관심이 없어 묘하게 고요한 분위
기를 찾아 서점으로 부른 것이었다. 하지만 딸꾹질처럼 욕
설이 입 밖으로 튀어나오는 것까지는 예상도 예방도 할 수

없었다.

　이준서는 오른쪽 잡지 코너 쪽으로 가는가 싶더니 출입구 앞으로 되돌아왔다. 일단은 혼자인 것처럼 보였다. 나는 이준서를 거의 정면으로 바라보고 있었기 때문에 이준서가 나를 발견하고 잡으러 오는 것처럼 느껴졌다. 곧 이준서는 오른쪽으로 몸을 틀었다. 외국 소설 코너를 발견한 것이었다. 얼굴을 절반 넘게 가린 나 같은 건 의식하지도 못한 듯했다. 나는 아주 조심스럽게 이준서의 뒤를 밟았다. 다섯 걸음, 아니 세 걸음, 보폭을 크게 잡아 세 걸음만 걸으면 이준서의 등에 칼을 꽂을 수 있었다. 하지만 나는 그렇게 하지 않는다. 적어도 지금 당장은.

　이준서는 매우 집중해서 ㅍ 서가를 찾고 있었다. 기역…… 니은…… 디귿…… 이준서의 허리가 점점 구부러졌다. 생각보다도 훨씬 부주의했다. 부족한 것은 상상력일까 공감 능력일까? 누군가에게 명료하고도 극진한 원한을 사고서도 저렇게 아무 조심성 없이 돌아다닐 수 있는 건 뭔가 결핍되어서일까 과잉되어서일까? 다시 이준서의 허리가 펴졌다가 구부러졌다. 시옷…… 이응…… 지읒…… 이준서는 곧 어떤 여자가 피읖이라는 글자를 가리고 서서 책을 보고 있다는 사실을 깨닫고 허리를 완전히 폈다.

그 순간 언니는 보던 책을 탁 덮었다. 만화에서 본 것 같은 연출이었다. 언니, 만화 너무 많이 본 거 아니에요? 이 와중에 뭔가 작위적이잖아. 책장 모서리를 짚은 손에 자꾸 힘이 들어갔다. 이준서는 주위를 두리번거렸지만 뒤쪽에 서 있는 나를 발견하지는 못한 것 같았다. 언니는 맞은편 책장 모서리에 몸을 반쯤 숨긴 채 그쪽을 보고 있는 내게는 눈길조차 주지 않고, 이준서를 똑바로 쳐다보면서, 웃음기 하나 없는 얼굴로 말했다.

"안녕하세요. 경아와 친한 언니입니다."

약속

"경아는 살아 있어요."

하나.

언니는 내가 전해달라고 한 말 하나를 했다. 손가락을 하나 접었다. 이준서는 한참 만에 아주 낮은 소리로 대꾸했다.

"그걸 제가 어떻게 믿죠?"

범행을 부인하고 싶은 용의자라면 하지 말아야 할 반응이었다. SNS 셀럽 임리아가 아니라 개명 전 이름, 이제는 가족들과 오래된 친구들만 부르는 이름으로, '경아'가 살아 있다고, '경아'와 친하다는 언니가 하는 말이니 믿지 않을 순 없을 것이다. 어떻게 믿냐는 말에는 경아의 죽음과 자신을 분리하고 싶은 마음, 달갑지 않은 소식을 전하는 상대에 대한 적의가 뒤섞여 있었다. 배우라면서 즉흥 눈물 연기라도 한번 못 하나. 아니면 그게 정말인가요? 다행이다, 이런 애드리브를 칠 머리도 없나. 죽었다고 알려진 애인이 죽지 않았다고 하면 기뻐해야지, 그 죽음을 꾸민 게 당신 자신이 아닌 이상은. 어떻게 믿냐는 말을 하려면, 적어도 바로 했어야 했다. 이준서는 그 좋지도 않은 머리를 굴리느라 너무 오래 대답을 지연시켰고, 대답의 내용은 전혀 적절하지 못했다.

한동안 나는 막연히 익명의 위증 가능성을 생각하고 있었다. 익명은 지능이 아주 뛰어난 사람은 아닌 것 같았지만 치밀하고 집요하며 제정신이 아니었다. 익명이 경아와 이준서에 대해 내게 들려준 모든 이야기에는 큰 모순이 없었다. 그리하여 익명이 경아와 이준서에 대해 한 말이 모두 참이라고 하면, 익명이 이준서의 차에 도청기와 위치추적기를 설치했던 것도 사실이 된다. 정확한 설치 시점은 알수 없지만 적어도 이준서가 경아를 죽일 거라는 사실을 알고 한 짓은 아니었을 것이다. 때문에 얼마간의 공동 행동을 약속하면서도 완전히 의심을 거둘 수는 없었다. 경아가 당한 일에 이 사람의 책임이 정말 하나도 없을까? 이 미친 인간이, 나 혼자서는 눈치채지 못할 자기 잘못은 쏙 빼놓고 얘기한 게 아닐까?

이준서의 태도는 내가 품고 있던 익명에 대한 위화감을 얼마간 불식할 만한 것이었다. 아, 그 인간은 그냥 미친 사람이고, 경아를 죽인 사람은 역시 저 새끼구나.

"경아가 곧 이준서 씨를 만나러 갈 거예요."

둘.

언니가 한 말은 방금 이준서가 한 말에 대한 대답처럼 들리지만 사실은 그렇지 않았다. 내가 이준서에게 전해달라고 한 말의 두 번째가 그것이었다. 언니는 오는 길에 내가 당부한 내용들을 잘 지켜주고 있었다. 이준서의 표정이나 반응을 잘 기억해주되, 이준서의 페이스에 말려들지 말고 내가 전해달라고 한 말들만 할 것.

"그럴 리가 없는데…… 없어…… 그럴 리가."

응. 확실히 죽였겠지. 더 들을 것도 없어졌다. 그렇지만 이쪽에게는 할 말이 남아 있다.

"경…….."

"핸드폰 그쪽이 갖고 있어? 내놔."

이준서는 언니의 말을 끊고 언니에게 손을 내밀었다. 말이 짧아졌다. 갑자기 겁이 났다. 겁이 난다는 사실에 화가 났다. 직원이라도 불러와야 할 것 같았지만 발이 자리에서 떨어지지 않았다.

"경아 핸드폰은 경아한테 있죠."

내가 부탁한 말이 아니었다. 나는 언니가 나를 안 보고 있다는 것을 알면서도 조용히, 필사적으로 손을 내저었다. 이준서 페이스에 말려들지 말라고 했잖아요. 이준서는 내가 어렴풋이 예상한 바보다 훨씬 더 통제 불능이었다. 그런데 언니는 전혀 겁먹거나 주눅 든 것처럼 보이지 않았다. 오히려 이준서를 무생물, 이를테면 클립이나 스카치테이프 따위와 다를 바 없이 취급하는 것처럼 느껴졌다.

"그리고 경아, 당신 원망 안 해요."

셋.

언니는 내가 해달라고 한 거짓말을 모두 했다.

나는 언니가 내 쪽을 봐주길 바라며 다시 한 번 손으로 허공을 쓸었다. 나가요. 나가라고. 할 말을 다 해서인지 언니는 그제야 내 쪽을 보았다. 아주 잠깐이었다. 언니는 외국 소설 책장들 사이를 빠져나가 지하철 쪽 출구로 나갔다. 나는 이준서가 얼마 만에, 어느 쪽으로 나가는지, 그러니까 이준서가 언니의 뒤를 밟지는 않는지 보고 나서 나가려고 했지만 이준서는 오랫동안 그 자리를 떠나지 않았다.

엘리베이터를 타고 지상으로 올라가 충정로까지 걸었다. 충정로에서 택시를 탔다. 언니에게서 연락이 없는 것이 신경 쓰여 내가 전화를 걸까 싶었지만 기운이 없었다. 긴장으로 굳었던 온몸이 뒤늦게 아파 왔다.

그래도 꼭 해야 하는 일이 하나 더 있었다.

핸드폰을 꺼내 나무를 검색했다. 나무가 나온 사진을 아무거나 캡처해서 내 이름으로 만든 계정에 올렸다. 잠시 후 알림이 떴다. 익명이 하트를 누른 것이었다. 나는 사진을 바로 삭제했다.

간단한 암호다. 식물 사진을 올리면 긍정. 동물 사진을 올리면 부정. 하트를 누르면 확인했다는 뜻. 확인한 즉시 삭제. 길게 이야기할 내용이 있을 시에는 핸드폰 계산기를 켜 4부터 8 사이의 숫자 중 아무거나 쓰고 캡처해서 올린다. 그러면 나와 익명의 일과가 모두 끝난 뒤, 12시쯤 익명의 차가 노량진역으로 온다. 캡처에 쓰인 숫자는 몇 번 출구에서 기다릴 것인지를 나타낸다.

익명과 나의 계획은 작전이라기엔 아주 느슨했다. 계획이라는 말도 어울리지 않았다. 우리는 약속을 하고 있는 것에 가까웠다. 약속 하나. 둘 중 한 명이 독단적으로 이준서를 죽이지 않는다. 약속 둘. 정보를 최대한으로 공유하되 연락을 최소한으로 취한다. 약속 셋. 이제부터 이준서가 죽을 때까지 우리의 모든 행동의 목적은 이준서를 죽이는 것이지만, 이준서를 죽인 이후에도 두 사람 모두 사회생활을 지속할 수 있다는 확신이 보장될 때에만 행동한다.

세 번째가 중요한데, 부연하자면 익명은 자기가 칼로 이준서를 죽이고 감옥에 가도 상관없다지만 나는 그렇지 않아서 그렇다. 익명이든 나든 어느 한쪽이 이준서를 죽인 용의자로 지목된다면 다른 한쪽의 존재도 자연스럽게 드러날 테니까. 아주 조심스럽게 연락을 하고는 있지만 어디에든 어떻게든 생각지도 못한 물증이나 심증이 쌓여 있을 것이다. 가능한 익명과 나, 누구도 용의선상에 오르지 않는 방식을 고민해야 했다.

물론 모든 약속의 대전제는 최대한 신속하게 이준서의 죽음을 추구하는 것이었다. 시간이 지날수록 익명과 나는 첫 번째 약속을 지키기가 어려워질 것 같았다.

택시는 본가 아파트 단지 앞에서 섰다. 현금으로 택시비를 계산했다. 집에는 아무도 없었다. 보일러가 꺼져 있는 한낮은 추웠다. 점심때고 해서 출출하기도 했지만 단호하게 필요한 것만 챙겼다. 그러기에도 시간이 모자랐다. 경아 방과 내 방, 베란다를 왔다 갔다 하니 백팩에는 다 넣기 어려울 정도가 되었다. 여분의 타폴린 백이라도 들고 왔으면 좋았으련만, 하는 뒤늦은 생각이 들었다. 고민 끝에 전기파리채를 백팩에 거꾸로 처박고 옷가지 등 무게에 비해 부피가 큰 것은 쇼핑백에 담았다. 전기파리채를 이 계절에 들고 다니면 어쩔 수 없이 눈길을 끌게 될 것이다. 눈에 띄는 일은 되도록 피해야 했다. 지퍼 사이로 손잡이가 튀어나오긴 하지만 적어도 눈에는 안 띄겠지. 저 사람 가방에 뭐 튀어나왔네, 라켓인가 보다, 할 정도는 되겠지. 애초에 사람들은 대개 남들에게 그렇게까지 관심이 없다. 나는 그 관대할 만큼이나 무심한 눈들도 피할 수 있는 데까지 피하고 싶은 것이었다. 고시텔 근처 생활용품점에서나 인터넷으로 손쉽게 구할 수 있는 전기파리채를 굳이 집까지 가지러 온 이유도 이 계절에 전기파리채를 찾는 사람은 아무래도 수상할 것 같아서였다.

노량진까지 또 택시를 탔다. 하루 사이 현금을 꽤 썼다.

방으로 돌아와 옷가지부터 꺼내 걸었다. 걸었던 옷을 다시 꺼내 사이즈를 체크해보았다. 내가 다녀간 사실을 엄마가 몰랐으면 해서 급하게 들고나왔던 터라 눈짐작으로 내가 입을 수 있을 만한 옷만 챙겼지만 미리 입어보는 것이 좋을 듯했다.

설마 했던 것이 역시 그랬다. 원피스 지퍼를 올릴 수가 없었다. 거의 20분가량 그럴 리 없어, 그냥 팔이 안 닿아서 그렇겠지 하며 끙끙거렸지만 소용이 없었다. 최대한 팔을 뒤로 돌려 등 부분을 힘껏 여미어보았는데도 다물어지지 않았다. 너무 절박해서 옆방에 노크를 해서 지퍼를 올려달라고 부탁해볼까 하는 생각까지 했다.

거의 평생 경아와 나의 옷 사이즈가 같다고 믿었는데.

운동도 꾸준히 하고 있고 요 며칠은 끼니를 잘 챙기지 못했는데도 경아 옷이 들어가지 않았다. 경아는 나보다 키도 큰데. 공부하는 동안 나는 살이 조금 올랐고, 대외활동이다 뭐다 바쁘게 돌아다닌 경아는 그새 좀 더 마른 모양이었다. 경아가 죽기 얼마 전 올린 사진들 중에는 이 옷을 입고 찍은 사진도 있었다. 나는 꼭 이 옷을 입어야 했다. 금요일까지 굶어볼까 하는 생각마저 들었다.

원피스를 벗은 맨몸에 경아 코트를 걸쳐보았다. 다행이랄지, 코트는 오버사이즈였다. 맑고 진한 파랑 코트여서 눈에도 띌 법했다. 한동안 유행했던 컬러여서 조금 걱정도 되었지만, 유행을 많이 탔던 탓에 도리어 올 들어서는 별로 못 본 듯하다며 스스로를 안심시켰다. 무엇보다 경아는 최근까지도 이 코트를 입었다. SNS 최근 사진에도 나온 옷이었다. 어차피 코트를 벗을 일은 없을 테니 원피스까지는 신경 쓸 필요가 없을 듯했다.

다음은 전기파리채였다. 동영상을 보며 전기파리채를 해체했다. 시간이 얼마나 지나는지도 모르고 골몰해 있는 참에 전화가 왔다. 언니였다.

"잘 들어갔어?"

"네."

"내가 집 앞으로 가려고 했는데 생각해보니까 너 어디 사는지도 모르더라."

"알바 시작할 때 서류에 썼잖아요."

"어떻게 그걸 보고 찾아가. 직접 알려준 것도 아닌데."

적절한 대답이 떠오르지 않았다. 내가 예상한 답변은 이런 게 아니었다. 어, 이미 폐기했는데. 이 말은 폐기하지 않았다면 그걸 보고 찾아왔을 수도 있다는 뜻. 너 거기다 본가 주소 썼잖아. 이 말은 아직 폐기도 안 했고 이미 주소 체크도 해봤다는 뜻. 사람의 악의나 비틀린 호의를 짐작하는 버릇 때문에 늘 신경이 곤두서 있는 나에게 언니는 너무 어려운 사람이었다. 단순할 만큼이나 좋은 사람. 그처럼 어려운 상대는 없었다.

"카페로 올래, 전화로 얘기할까?"

나는 벽을 쳐다보았다. 옆방이 조용했다. 전화로 해도 괜찮다는 의미였다.

"나갈게요."

나는 그렇게 하지 않기로 했다.

전기파리채를 만지작거리던 사이 길은 어둑어둑해져 있었고, 카페 앞에서 나를 기다리던 언니는 카페 앞치마를 그대로 두른 채였다.

"추운데 왜 나와 있어요?"

"별로 안 기다렸어."

"근데 사실 저 별로 궁금한 거 없어요. 생각보다 가까이에서 대화 들어서."

"그럴 것 같았어. 그런데⋯⋯."

언니는 조금 머뭇거렸다.

"내가 너 부탁 들어줬고⋯⋯ 내가 보기보다 머리는 좀 잘 돌아가서. 괜히 석사겠냐. 이거 나도 이용할 수 있지 않을까 싶더라고."

목덜미가 뻐근할 만큼 소름이 돋았다. 확실히 언니는 촉이 좋은 것 같았다. 실없는 소리를 할 때가 더 많기는 했지만 이따금은 무서울 만큼 정확한 농담들을 했다. 내가 흘린 몇 가지 단서를 가지고. 그렇지만 그걸 이용하고 싶다니, 내가 사람을 잘못 본 걸까. 언니는 어디까지, 얼마나 눈치채고 있는 걸까. 적어도 내가 이준서를 죽이려 한다는 사실 정도는 알고 있겠지. 나는 태연을 유지하려 애쓰며 대답했다.

"들어나 볼게요."

"너 시험 끝나면…… 다 끝나면……."

언니는 이 한마디를 정말 천천히, 조금 떨면서 했다.

"나랑 영화 보러 갈래?"

그 말을 듣고 나는 울었다.

눈물은 늘 설명하기 힘든 이유로, 통제할 수 없는 순간에 쏟아진다. 언니는 당황한 기색이 역력했다. 울면서도 나는 언니가 당황하는 게 고소하다는 생각을 했다.

"수아야. 내가 잘못했어. 이런 말 안 할게."

나는 얼굴을 가리고 한동안 울었다. 사실 울었다기보다는 불규칙한 숨을 꺽꺽 들이쉬는 빨갛고 흉한 나를 멈춰보려고 애썼으나 잘 되지 않았다, 고 해야 옳다. 이 멍청한 사람, 살인 계획을 세우고 있는 사람한테 협박이랍시고 자기랑 영화 한 편 보자는 게 전부인 사람을 나는 어쩌면 좋을까.

"수아야."

"언니, 저는요."

호흡이 안정된 다음에도 여전히 코는 막혀 있었다. 나는 입과 코를 가린 채로 말했다.

"다 끝나면 여행 가고 싶어요. 언니랑."

언니는 아무 말도 하지 못했다. 태연한 척하려 하는 것 같았지만 슬슬 올라가는 입꼬리가 다 보였다.

"…… 그때까지 언니 생각이 바뀌지 않는다면."

"임수아."

언니가 내 양어깨를 붙들었다. 방금 전의 웃음기가 싹 가신 진지한 얼굴이었다.

"너, 인간들이 우습지? 속으로 다 깔보고 있지."

대답할 수 없는 말이었다. 울음을 참느라 불규칙해진 호흡 끝에 딸꾹질이 나오려 하고 있었다. 언니는 내 눈을 지그시 보다가 아주 작은 소리로 말했다.

"그런 점도 좋아."

언니는 왜 자꾸 날 할 말 없는 사람으로 만드는 걸까. 나는 얼굴을 가리고 있던 한 손이 내려간 걸 뒤늦게야 알아차렸다. 콧물 나온 것 같은데…… 쪽팔린데. 언니는 내 어깨를 놓아주는가 싶더니 나를 살짝 안았다가 뒤로 물러났다.

"변하지 마. 나도 변하지 않을게."

앞치마 가슴팍에 내 콧물 자국이 남아 있었다.

신데렐라

방에 들어가니 8시가 좀 넘어 있었다. 부랴부랴 스터디 채팅방에 접속해 잔소리를 들었다. 아, 네, 늦어서 죄송합니다 건성으로 대꾸하며 핸드폰 계산기를 켜서 숫자 5를 찍었다. 캡처를 올리자 곧 하트 알림이 떴다. 이 사람 혹시 종일 내 계정만 보고 있나? 익명이 그렇게 한가한 사람인가 따위를 궁금해하고 싶지는 않았지만 어쩔 수 없이 하게 되었다.

"수아 님, 지금 엄청 기본적인 거 잘못 말하고 있잖아요. 어제도 그러시더니."

"아…… 그러네요."

한동안 구석으로 치워두었던 핀 쿠션을 다시 꺼내 만지작거렸다. 정신 차리자. 우선순위를 놓치지 말자. 시간상 먼저인 건 경아 일이지만 냉정히 말해 내게 더 중요한 일은 시험이다. 난이도는 감히 비교할 수 없고 비교해서도 안 되겠지만, 사람을 죽이는 것보다는 중등교사 임용시험 공부가 훨씬 쉬워야지. 훨씬 쉬운 일을 못 해내서는 안 되겠지. 그게 사람이겠지. 사람의 도리겠지.

그러나 요새 들어 두 가지 일의 난이도나 중요도가 서로 헷갈리기 시작한 것도 어쩔 수 없는 일이었다.

스터디를 마친 뒤 방을 대충 정리하고 서머리를 좀 하다가 11시 반쯤 노량진역으로 나갔다. 약속 장소로 지정한 5번 출구가 보이는 편의점으로 들어가 컵라면에 물을 올렸다. 익명은 자정이 되기 3분 전쯤 도착했다. 먹는 둥 마는 둥 불리던 컵라면을 쓰레기통에 쏟아버리고 나갔다. 조수석 문은 열려 있었다.

며칠 새 익명은 더 마르고 사나운 인상이 되어 있었다. 차 문이 열려 불이 켜졌던 잠깐 사이에 푹 꺼진 뺨이 먼저 눈에 들어왔고 문이 닫혀 불이 꺼진 뒤에도 안광이 형형하게 남아 있는 것처럼 느껴졌다.

"잘 지내셨나요."

전혀 잘 지내지 못한 듯한 사람에게 듣자니 조금 비꼬는 것처럼 들리는 인사였다. 엄밀히 말해 경아와 아무 상관도 없는 익명이, 단 하나뿐인 자매였던 나보다 훨씬 잘 못 지낸 게 일종의 무례로 느껴지기도 했다. 그렇지만 우리는 누가 더 경아를 사랑했는지, 누가 더 이준서를 죽이고 싶어 하는지를 겨루는 대회에 출전한 것이 아니었다. 우리는 한패다. 한패끼리는 이기고 지는 일이 없다. 승패가 있다면 익명과 나의 사이가 아니라 우리가 이룬 패와 이준서 사이에 있는 것이다. 적어도 나는 그렇게 믿었다.

나는 안전벨트를 채우고 핸드폰 화면을 익명에게 보여주며 말했다.

"여기로 가주세요. 내비 찍지 마세요. 제가 우회전 좌회전 직진, 불러드릴게요. 길 잘 기억해두세요."

적어도 목요일 하루는 새로 세운 일일 루틴을 철저하게 지켰다. 방 안에 틀어박혀 오전에는 학습지도안을 만들고 오후에는 수업 실연 연습과 장수생들이 준 면접 예상 질문 대응 테스트를 했다. 하루 종일 20분 단위 타이머를 돌렸다. 오전 동안에는 20분간 구상과 메모, 20분간 작성, 20분간 검토 및 보충 단계로 학습지도안을 네 개 만들고, 오후에는 수업 구상 20분, 실연 연습 20분씩을 반복한 다음 예상 질문을 20분간 만들고 20분씩 자문자답을 했다. 하다못해 밥도 20분 만에 먹었다. 스스로도 놀랄 만큼이나 집중이 잘되었고 종일 집중해서 루틴을 따르고 나니까 기분이 엄청나게 좋았다. 체질이라는 건 이런 걸 말하는 거겠지, 생각하면서 타이머를 껐다. 시험일까지는 일주일도 남지 않은 상황이었다. 주말에는 스터디 오프 모임이 있고, 시험 전날인 월요일에는 컨디션 조절을 해야 할 테니, 혼자 온전히 공부에 집중할 수 있는 날은 목요일이 마지막이었다. 기껏 새로 세운 루틴을 단 하루밖에 지키지 못한다고 생각하니 씁쓸했다.

저녁을 먹고 스터디 채팅방에 접속해서 오전에 만든 학습지도안 피드백을 주고받았다. 각자 두 개씩 공유해서 30분 동안 이야기하는 식으로 두 시간이 금방 흘렀다.

10시를 조금 넘겨 스터디가 끝나자 급격히 졸음이 몰려왔다. 새벽 4시에 노량진으로 돌아와 세 시간 정도밖에 잠을 못 잔 탓이었다. 핀 쿠션으로 잠을 쫓으며 금요일 동선을 손으로 써 다시 체크했다. 어느새 손에 힘이 풀려 핀 쿠션을 놓친 채로 10분 정도 졸다가 깨어나 자리를 정리했다. 계획을 썼던 종이를 잘게 찢어버리는 것을 잊지 않았다.

운동은 늘 유산소 위주로 했다. 책상 앞에 오래 앉아 있는 것도 지구력의 문제라고 생각했기 때문이다. 고3 때 담임이 심장을 단련해서 심박수를 안정시켜두면 긴장해서 실수하는 일이 적어진다고 하기도 했다. 의학적 근거가 있는 말인지 확인해보지는 않았지만 그럴싸한 말이라고 생각했다.

그럼에도 아침부터 가슴이 너무 울렁거려서 평소보다 천천히, 시간도 반으로 줄여서 뛰었다. 오래 깨어 있을 예정이어서, 너무 힘을 빼두면 좋지 않을 것 같았다.

오늘은 차해경의 생일이다.

래퍼가 일러줬다. 내가 그것을 알아야 할까, 같은 심정 차원에서의 거부감을 접어둔다면, 상당히 실용적인 정보였다.

나 해경이 형 생일날 디제잉 할 건데 누나도 와

내가 봤을 땐 형이 누나 연락 엄청 기다리는 것 같아

생각할수록 다시 얻기 어려운 귀한 기회였다. 시험 직전인 것이 아무래도 걸리긴 했지만 막연한 나중을 도모하는 것보다는 이편이 훨씬 안정적으로 보였다. 시험이 끝나면 경아의 사망신고를 해야 하고, 사망신고 전후로는 경아가 익명에게 부탁했다는 디지털 장례식도 치러야 한다. 나

로서는 이준서, 그러니까 차해경이라는 연예인이 뜰 것 같
지가 않고 절대 뜨지 않기를 바라고 있지만 어떤 계기로든
차해경이 지금보다 주목받는 인물이 된다면 접근은 더 어
려워질 것이다. 현재로서도 유일한 접촉 수단인 SNS를 정
리하고 나면, 거기다 불행히도 차해경이 유명해지기라도
하면, 언젠가 차해경이 죽여달라며 먼저 찾아오기를 기다
리는 수밖에 없어진다. 나는 그렇다 치고 익명이 그런 날을
얌전히 기다릴 리 없다. 인기 배우 C 씨, 칼부림 난동 피해,
같은 제목으로 뉴스를 장식하고 말 것이다.

금요일은 그러니까 거의 유일하고도 완벽한 기회의 날
이었다. 공교롭게도 그날이 이준서의 생일이라는 건 글쎄,
생일날 뒤질 수밖에 없을 만큼 업을 쌓아서 참 유감이네,
라고 밖에는.

목욕탕에서 세신을 받았다. 내 돈을 주고 세신을 받은
건 처음이었다. 그러고 보니 경아랑 엄마랑 같이 목욕탕에
마지막으로 갔던 게 언제였는지 기억도 잘 나지 않았다. 고
시텔로 나오기 전에 엄마랑 한 번 목욕탕 갔던 기억은 있는
데 경아는, 그 계집애 잘도 꾸미고 다니더니 때는 밀고 살
았는지 몰라. 도마 위 생선처럼 이리저리 뒤집혀가며 그런
생각을 했다. 잘 참았다가 목욕탕을 나와서 바나나우유를

사 먹었다.

세탁소에 맡겼던 옷을 찾아서 방으로 돌아왔다. 경아 서랍을 뒤져서 챙긴 화장품들을 꺼냈다. 화장법을 가르쳐주는 동영상들을 찾아 경아 스타일로 보일 만한 것을 골랐다. 파운데이션을 바르고 나서야 아이브로펜슬이 없다는 사실을 깨달았다. 급하게 나가서 눈에 제일 먼저 띈 로드숍으로 들어갔다. 브라운, 브라운, 브라운이라는 말을 주문처럼 외며 아이브로펜슬 한 자루를 샀다. 가게 안에는 거울이 많았고 눈썹과 입술 색이 안 보일 만큼 파운데이션을 진하게 바른 내 얼굴이 어디에나 비쳤다. 민얼굴일 때도 느껴본 적 없는 수치심이 들었다.

화장을 하는 데에 꼬박 세 시간이 걸렸다. 경아처럼, 을 목표로 시작한 일이었지만 경아처럼은 고사하고 화장을 끝까지 했다는 데에 의의를 둬야 할 판이었다. 아이라인은 자꾸 예상치 못한 방향으로 삐져나갔고, 사진 속 경아의 뺨 위에서는 살구처럼 부드럽고 귀여운 색을 내던 블러셔가 내 얼굴에는 주황 형광펜 색깔처럼 겉돌았다. 살면서 이렇게 다 때려치우고 싶은 적이 있었던가, 시험공부를 하는 동안에도 딱히 그런 적 없었던 것 같은데, 그런 생각을 하면서 볼을 툭툭 털었다. 그나마 입술을 꼼꼼하게 칠하고 나니

봐줄 만했다. 경아가 화장품 선물을 하면서 포스트잇에 썼던 것처럼 경아가 화장을 해줬다면 좀 나았을까. 그렇지만 내가 지금 화장을 해야 하는 이유는 경아가 없어서가 아니고…… 경아가 없어서였다. 이런 말장난 같은 것을 생각하면서 멍하니 거울을 보고 있었다.

얼굴을 해결하고 보니 머리가 문제였다. 아무리 비교해도 사진 속 경아의 머리보다 내 머리가 좀 더 길었다. 살아 있다면 당연히 자라는 거니까, 라고 치기에도 길었다. 딱히 기르려던 것은 아니었지만 공부한답시고 그저 묶고 다녔더니 어느새 그렇게 되어 있었다. 그냥 평소보다 조금 높이 묶기로 했다. 묶으면 길이 차이가 좀 덜 느껴지니까. 다만 흐린 턱선을 가리기 위해 잔머리를 조금 많이 남겼다. 머리는 뭐 매일 묶고 다니는 게 머리였는데 찾아보니 머리 묶는 법을 가르쳐주는 동영상도 엄청나게 많았다. 손을 갈퀴처럼 옆통수에 찔러넣어서 위로 정리하면 동안으로 보이고 아래쪽으로 정리하면 성숙하게 보이고, 뭐 그런 이야기를 들으면서, 나는 가끔 동생으로 오해받는 연년생 언니인데 동안으로 연출해야 하는지 성숙하게 연출해야 하는지를 진지하게 고민했다.

면접 대비용으로 샀던 흰 셔츠에 기모 청바지를 입었

다. 아이돌 커버 메이크업을 애써 따라 하고 높이 묶은 머리와, 무난하고 단정한 상체와, 스크래치가 있는 청바지를 입은 하체가 전부 제각각 노는 기색이 신경 쓰였지만, 대안이 없었다. 경아 원피스가 맞았다면 꾸역꾸역 주워 입을 필요가 없었겠지만 트레이닝복 몇 벌을 교복처럼 돌려 입는 나로서는 그나마 기모 청바지라도 한 벌 있는 게 다행이었다. 뜬금없이 교회 다닐 때 생각이 났다. 무슨 건수가 있을 때마다 청소년부와 청년부는 흰 셔츠와 청바지를 입고 오라던. 그러고 보면 흰 셔츠에 청바지가 그렇게 어색한 조합은 아닌 듯도 했다. 이러니저러니 해도 어차피 코트로 가릴 것이고, 애초에 누구한테 예쁘게 보이자고 하는 짓도 아니었다. 그 생각을 하니 마음이 차갑게 가라앉았다.

면접용으로 아끼던 구두를 꺼내 신을까 평소 신던 운동화를 신을까 고민하다 운동화로 마음을 정했다. 경아가 나보다 키가 컸으니 굽 높은 신이 낫지 않을까 하는 생각도 들었지만, 달릴 수도 있다는, 아니 달려야 한다는 것을 감안하면 구두보다는 운동화가 나았다.

경아 코트 주머니에 필요한 것을 이것저것 넣어두고 그대로 타폴린 백에 담았다. 평소 입던 외투를 그대로 걸치고 밖으로 나갔다. 7시 반이었다. 익명과 만나기로 한 시간이었다.

차에 타자 익명은 순간 헉, 했다.

"비슷한가요?"

나는 불안감과 기대감을 반반씩 품고 물었다. 익명은 대답하지 않았다. 긍정적인 신호로 해석하기로 했다. 화장이 내가 생각한 것 이상으로 엉망이라서 놀란 거라면 내 기분이 상하든 말든 그렇다고 말했을 사람이었다. 경아는 사랑하지만 언니인 나는 무섭다는 사람이니 잠깐이나마 비슷하게 보였다면 자존심이 상했겠지, 물론. 익명이 잠시나마 착각할 정도라면 이준서를 속이는 일도 무리가 아닐 것 같았다. 어쩌면 경아가 살아 있다는 거짓 암시를 굳이 줄 필요도 없었겠다는 생각까지 들었다.

나는 쇼핑백에서 경아 코트를 꺼내고 내 외투를 쇼핑백에 넣었다.

"이거 나중에 저희 집으로 보내주세요. 노량진 말고 본가로요. 주소 아시죠? 경아한테 보내는 걸로 하세요."

익명은 내가 안전벨트를 매는 걸 보고 차를 출발시켰다.

"왜 그런지는 아시죠?"

"저는 경아가 죽은 걸 몰라야 하니까."

"네, 대외적으로 아저씨는 경아한테 무슨 일 있는지 모르는 거예요. 그냥 몇 년간 꾸준히 오던 학생이 이제 안 오네, 하고 조금 걱정한 정도."

익명은 다시 말이 없어졌다.

"차도 한번 싹 청소하세요. 이 일이 형사사건이 되는 일은 없겠지만, 없었으면 좋겠지만. 그래도 누가 물어보거나 하면 경아가 죽었는지도 몰랐다고 하고. 차에서 제 머리카락이라도 나오거나 해서 우리 둘의 연관성이 밝혀지면 안 되니까 차 청소도 꼭 하시고. 그런 의미에서 택배도 되도록 바로 보내시는 게 좋고."

"알겠습니다."

차는 금세 대로에 닿았고 그쯤부터는 길이 많이 막혔다. 경아 코트 주머니에서 이어폰을 꺼냈다. 엉킨 이어폰 끝에 갈고리가 걸려 나오길래 살살 풀어서 뺐다. 목재 옷걸이에서 분리한 헤드였다. 이어폰을 핸드폰에 연결하고 스터디 멤버와 그룹통화를 할 때 쓰는 메신저 앱을 켰다. 8시 5분 전이었다.

"수아 님 안녕하세요. 오늘은 일찍 오셨네요."

미리 접속해 있던 삼수생이 먼저 말을 걸어왔다.

"네, 안녕하세요. 시험도 얼마 안 남았는데 정신 차려야죠, 뭐."

나는 곁눈질로 익명의 표정을 살폈다. 어두웠지만 옆 차선 차들의 빛에 어렴풋이 얼굴 윤곽이 드러나 있었다. 역시 무섭네요, 수아 씨는. 그런 말을 하는 것 같았다.

파티

차 안에서 통화 중이라는 사실을 스터디 멤버들이 눈치채고 지적할까 봐 조금 걱정했지만 노파심이었다. 이어폰이 좋은 것인지 메신저 자체의 통화 성능이 좋은 것인지, 잡음에 대한 언급은 없었다. 하기야 주변 소음에 영향을 받는 통화 품질이라면 카페에서 스터디를 하던 때에 이미 지적이 나왔겠지. 거긴 차 소리보다 훨씬 크게 음악을 틀어주니까.

목적지는 가로수길 인근이었다. 익명과 함께 미리 와본 곳이었다. 차가 막히기는 했지만 애초에 멀지가 않아서 스터디가 끝나기 훨씬 전에 도착했다. 적당한 곳, 그러니까 익명의 차가 너무 오래 여기 서 있다는 것을 기록할 블랙박스가 달려 있을, 다른 차들이 눈에 띄지 않는 자리에 차를 세우고, 스터디가 끝날 때까지 시동을 끈 차 안에 익명과 함께 있었다. 크게 조심할 필요도 없이 조용한 동네였는데도 그랬다. 인근이 서울 안에서도 손꼽히는 번화가인 것을 감안하면 길도 좁고 적막했다. 단독주택치고는 꽤 큰, 그러니까 사실은 그렇게 큰 것은 아닌 건물이 거의 빈틈없이 차 있었지만 불이 켜진 곳은 거의 없었다. 이런 곳에서 파티를 한다고?라는 생각은 사전 답사를 왔을 때도 했다. 래퍼가 알려준 곳으로 갔다가 아무도 없으면 어쩌나, 하는 걱정이 없지는 않았지만 뒤이어 어쩌긴 뭘 어째, 딱히 손해는 아니잖아 하는 생각도 들었다. 처음부터 다시 계획을 세울 일이 어렵고 성가시다는 것만 빼면 정말이지 손해랄 것은 없는 일이었다.

그때의 기세는 다 어디로 흩어진 걸까.

스터디가 끝나고도 20분가량은 가만히 있었다. 히터를 틀지 않은 차 안이 춥다 못해 발이 얼어붙는 것 같았지만 어쩐지 선뜻 나갈 수가 없었다. 파티 시작 시간인 9시를 한참 넘긴 참이었다. 이러다 끝내 들어가지 못할 수도, 이대로 이준서를 놓칠 수도 있겠다는 생각마저 들었지만 그런데도 발이 떨어지지 않았다. 차에서 내리는 건 사람을 죽일 결심을 마쳤다는 뜻이 되니까. 이 일 전후의 나는 절대로 같은 사람일 수 없을 테니까.

하지만 어떤 일인들 그렇지 않았던가.

가령 동생이 죽기 전의 나와 그 후의 나는 같은 사람인가. 혀를 깨물어가며 마음을 다잡았다. 나는 아무 잘못도 없는 보통 사람을 별 이유 없이 해치려는 것이 아니다. 경아를 죽인 빚을 받고자 할 뿐이다. 이 일은 나를 고장 낼 수 없다. 왜냐하면 나는 이미 고장 났으니까. 경아가 죽었을 때이미 벌어진 일이니까.

"갈게요."

목소리가 너무 가라앉아 있어서 스스로도 놀랐다. 익명은 운전대에 두 손을 가만히 얹은 채 말이 없었다.

"아저씨, 제가 말한 거 다 기억하고 있죠…… 오늘 같은,"

나는 좋은, 이라고 말하려다 잠시 멈추고 말을 골랐다.

"적절한 기회는 두 번은 없어요. 무슨 말인지 아시죠."

익명은 고개를 끄덕였다. 나는 차에서 내려 30미터 정도 걸어서 니은 자로 꺾인 골목으로 천천히 걸어갔다. 단독주택 두 채 지나 상업용 빌딩으로 보이는 석조 건물이 나왔다. 딱히 영업 중인 상점도 없는 불 꺼진 건물인데, 건물 옆주차장에는 차가 잔뜩 서 있었다. 차에 대해 별로 아는 바가 없는 내가 봐도 한마디로 야해 보이는 스타일의 외제 차가 대부분이었다.

지하로 내려가보니 음악 소리가 들렸다. 지하 1층 중턱에서는 비트 소리만 들리더니 2층 출입구에 가까워질수록 멜로디가 선명해졌다. 문이 조금 열려 있었다. 보라색에서 녹색으로, 녹색에서 핑크색으로 시시각각 변하는 조명이 문틈으로 새어 나왔고 빛 가운데에서 기다란 연기 줄기가 이리저리 흔들렸다. 연기를 보아서인지 조금 전부터 이상한 냄새가 난다는 사실이 갑자기 의식되었다. 담배 냄새는 아니었다. 직감적으로 그게 무엇인지 알 것 같았다.

문 앞에 누군가 서 있을까 봐 아주 조금 더 열고 몸을 비집어 안으로 들어갔다. 귀를 얼얼하게 만드는 음악 소리가 지하 1, 2층을 터서 만든 복층 파티룸 안을 꽉 메우고 있었다. 어렵지 않게 래퍼를 발견했다. 기역 자로 설치된 복층 무대 한쪽 끝을 차지하고 몸을 출렁출렁 흔들어가며 디제잉이라는 것을 하고 있었다. 나로서는 관심도 별로 없고 잘알지도 못하는 분야지만 래퍼가 잘하고 있는 것 같지는 않았다. 래퍼의 콧잔등에 송골송골 맺혀 있을 땀방울이 아주 가까이에서 보기라도 한 것처럼 구체적으로 그려졌다. 나는 래퍼에게 기묘한 친근감을 느꼈다. 해경이 형을 꽤 따르는 듯한 그에게는 내가 곧 저지를 일이 별로 달갑지 않겠지만.

프라이빗 파티라더니 모인 사람은 줄잡아 오륙십 명쯤 되어 보였다. 절로 나라의 앞날을 걱정하게 만드는 광경이었다. 화려한 조명, 피아노선 같은 것으로 천장에 매달아둔 대형 오브제, 서너 개쯤 설치된 봉을 붙들고 말도 못 하게 외설스러운 춤을 추는 젊은 인간들. 뜬금없지만 봉을 보니까 대학 때 어울려 다니던 아이들 중 하나가 생각났다. 선생님은 자기 꿈이 아니라 부모님 꿈이고, 자기는 도저히 공부 못 하겠다며 휴학하고 몇 달 잠수를 타더니 폴댄스를 배워온 애. 너무 힘든데 임청 재밌다고, 강사가 되는 게 목표라고 했다. 남자 동기 하나가 폴댄스 뭐 그렇고 그런 거 아니냐고 했다가 아주 경을 쳤다. 걔한테 지금 저 사람들을 보여주면 그때처럼 길길이 뛰며 화를 내겠지. 댁들 같은 부류 때문에 폴댄스 인식이 구린 거라고.

그건 그렇고 차해경, 이준서는 어디에 있지. 설마하니 자기 생일파티에 주인공이 빠진 것은 아니겠지.

엄밀히 말해 나는 초대를 제대로 받은 입장이었지만, 이 자리에 어울리지 않는 사람처럼 보이리란 점을 의식해서 더욱 어색한 행동을 할 가능성이 컸다. 알고는 있지만 통제하기 힘든 종류의 실수였다. 최대한 눈에 띄지 않으려 애쓰면서 이준서의 위치를 탐색했다.

허허 저 씨발 새끼.

등잔 밑이 어둡다더니 이준서는 복층 무대의 다른 한쪽 끝에 앉아 있었다. 말하자면 VIP석 같은 자리였다. 눈짐작으로 4인용, 6인용쯤 되어 보이는 소파에 앉아 있었다. 양옆으로 여자를 끼고. 참 뻔할 뻔 자구나. 죽인다는 마음을 잊은 것은 아니지만 순간적으로 너무 한심해서 웃음을 터뜨릴 뻔했다. 이윽고 어떤 남자가 이준서의 잔에 뭔가를 타주었고 이준서는 그걸 단숨에 들이켰다. 안에 자욱한 연기와 거기서 풍기는 냄새가 무엇인지 짐작할 수 있었던 것처럼 이준서가 타 먹는 것이 무엇일지도 대충 감이 왔다. 넌 참 씨발 새끼인 줄만 알았더니 겁대가리도 없는 새끼구나.

시큼하면서도 역한 냄새가 싫기도 하고 간접 흡입으로도 문제의 소지가 있을 것 같아 코를 막고 싶었지만 얼굴을 가리면 안 되지 싶어 주먹 쥔 두 손을 애써 주머니 안에 두었다. 그런 자세로 이준서를 계속 뚫어져라 쳐다보고 있었다. 파티가 끝날 때까지 이준서가 이쪽을 보지 않을 수도 있다는 생각을 하면서. 그러나 춤추는 사람들 사이 나의 부동자세가 부자연스럽게 눈길을 끌 거라는 점을 의식하면서.

음악은 곡의 처음과 끝을 정확히 알 수 없게 섞여 있었고 앞 곡이든 뒤 곡이든 내가 잘 모르는 것이었지만, 적어도 아까와는 다른 곡이 흐르고 있다는 것은 눈치챌 수 있었다. 그사이에 이준서는 뭔가를 섞은 술을 한 잔 더 받았다. 이준서는 새로 받은 잔을 두세 번에 걸쳐 나누어 마셨다. 눈이 마주친 것 같다, 고 느낀 것은 마지막 모금을 마시며 이준서가 고개를 꺾었을 때였다. 어둡고 멀어서 확실하게 말하기는 어렵지만 표정이 변한 것 같았다. 눈이 커진 것 같았다. 착각이 아닌 것을 곧 알 수 있었다. 이준서가 자리에서 일어났다. 이준서는 비틀거리며 계단을 내려왔다.

거기서 넘어지면 안 돼.

마음속으로 응원인지 뭔지 모를 말을 하며 나는 이준서를 계속 쳐다보고 있었다. 이준서가 계단을 거의 다 내려올 때까지 그대로. 세 계단쯤 남았을 때에 나는 몸을 돌려 그 공간을 빠져나왔다. 최대한 빠르게 계단을 올라 건물 현관에 잠시 서서 이준서의 발소리가 충분히 가까워지기를 기다리다가 유리문을 밀어 밖으로 나왔다.

"임리아!"

건물을 빠져나와 스무 걸음 못 되게 걸었을 즈음 이준서가 외쳤다. 나는 잠시 멈추었다가 단독주택들의 담과 담 사이 아주 좁은 골목으로 들어갔다. 이준서가 뛰면 충분히 따라잡을 수 있을 만한 속도로.

돌아서서 주머니에서 손을 빼고 기다렸다. 바라던 대로 이준서는 골목으로 헐레벌떡 뛰어들어왔다. 나는 이준서의 목 높이쯤을 상상하며 허공에 손을 뻗고 있었다. 사제 전기 충격기를 쥔 채였다. 전기파리채 손잡이에 옷걸이 헤드를 달아서 만든.

마음 같아선 눈을 질끈 감고 싶었지만 생각보다 이준서의 목이 멀리 있어서 눈을 감아선 안 됐다.

"리아……."

이준서는 말을 끝맺지 못하고 쓰러졌다. 손을 전혀 쓰지 못한, 그러니까 머리를 보호하지 못하는 자세로 털썩 엎어져서 그대로 죽었으면 어쩌나 걱정이 될 지경이었다. 인터넷에서 사제 전기충격기의 위험성에 대한 경고를 보긴 했지만 AA건전지 두 개 정도의 출력으로 엄청난 결과가 나진 않을 거라고 생각했다. 전기충격기의 목적은 이준서를 화나게 하는 것 정도였다. 사람에게 시험해볼 수가 없어서 성능은 확인하지 못하긴 했지만 이 정도일 줄은 몰랐다. 이준서가 약인지 술인지에 취해 있던 것이 변수였다.

나는 엎드려져 있는 이준서의 손등을 지근지근 밟았다.

"일어나, 이 씨발 새끼야. 뒤진 척하지 말고."

반응이 있었다. 나는 손등을 밟은 발에 더 무게를 실었다. 손 하나쯤은 여기서 작살내도 상관없겠지. 발밑에서 으득으득 하는 감각이 드는 것이 관절의 움직임 때문인지 실제로 뼈가 박살 나고 있는 것인지 느낌이 오지 않았다. 진짜 죽었나? 최소한 기절인가?

"아! 너. 너 리아 언니지?"

갑자기 이준서가 고개를 확 들어서 깜짝 놀랐다. 이준서는 사람이 이런 각도로도 목을 꺾을 수 있나 싶을 만큼 얼굴을 쳐들고 별안간 명랑하게 시껄여댔다.

"하하 씨발, 난 또 진짜 그년 살아 있는 줄 알고. 와 근데 너 진짜 미친년이구나. 너 나 누군지 알아? 너 우리 아빠 알아? 이 미친년아."

잘못을 싹싹 빌진 못하더라도 살려주세요, 무엇을 원하시나요 같은 말은 해봄 직한데 다짜고짜 미친년이라니. 에미가 선생이면 뭐 하냐, 가정교육이 개좆 털 한 가닥만치도 안 되어 있는데.

나는 이준서가 나에게 하는 말보다 훨씬 더 모욕적인 말을 얼마든지 더 할 수 있을 것 같았지만 잠자코 발에 무게를 실어서 쓱쓱 비볐다. 이준서는 끼이이 하는 기묘한 신음 소리를 냈다.

더 괴롭히고 싶어도 시간이 없었다. 이준서가 자리를 너무 오래 비우면 누군가 찾으러 올라올지도 모르니까. 어차피 다 취한 인간들이어서 이준서한테 도움이나 될지 모르겠지만.

그래도 물어보고 싶은 건 참을 수 없었다.

"왜 죽였니, 경아."

나는 이준서의 커다란 눈동자를 보며 물었다. 약에 취해서 그런가, 약이 동공을 확장시킨다고 했던가. 아니 확장되는 건 홍채였나. 동공이 풀리는 건 죽을 때나 풀리는 거라고 했던가. 아무려나 조만간 동공이 풀리긴 하겠구나. 이준서는 역시 필요 이상으로, 눈치 없이 명랑한 어조로 지껄여댔다.

"내가 걔를 왜 죽여? 걔가 알아서 죽은 거겠지. 내가 헤어지자고 해서."

"애새끼는 같이 만들어놓고 헤어지자고 했니?"

순간 헬렐레 풀어져 있던 이준서의 얼굴이 무섭게 일그러졌다.

"씨발년아, 네가 그걸 어떻게 알아?"

"몰랐어. 네가 지금 그렇다고 말해준 거지."

이준서는 이 화법을 이해하지 못했는지 잠시 어리둥절

한 표정을 지었다가 다시 인상을 구겼다. 나는 이준서의 손가락 쪽을 밟고 있는 뒤꿈치에 힘을 더 줬다. 다리가 부들부들 떨려올 만큼이나.

"네 말대로 헤어졌으면, 애는 지우면 되고, 사람은 또 사귀면 되고, 더는 못 사귀겠으면 그런대로 살면 되는데, 왜 죽였니. 그냥 살면 되는데."

"자매가 똑같이 미친년들이네. 교회 다녀서 애는 못 지운다는데 어떡하냐, 씨발, 내가?"

황당해서 말문이 막힐 뻔했다.

"그럼 낳게 놔두든가. 교회 다니는 여자애 꼬셔서 떡은 쳤는데 애 생겼다니까 겁나디?"

"꼬시긴 씨발, 좆도 안 줄려고 해서 티 안 나는 약 구한다고 얼마나 좆 빠졌는데."

"경아한테 약도 먹였니?"

온몸이 걷잡을 수 없이 떨렸다. 이준서를 밟고 있는 발에서도 힘이 풀릴까 봐 겁이 났다.

"딱 한 번이거든? 씨발년아. 한 번 따고 나니까 그년이 더 매달렸어. 미친년이 씨발, 애 지우게 하면 다 폭로할 거라고…… 개 같은 년이. 만나주니까 주제도 모르고."

나는 발을 이준서의 손등에서 목덜미로 옮겼다.

"말을 조심조심 예쁘게 해. 당장 뒤지기 싫으면."

이준서는 헤헤 소리가 나게 웃더니 침을 툭 뱉었다. 침은 이준서의 코 앞에 떨어졌다.

"아, 미친년. 동생 존나 생각해주는 척하네. 너 걔 존나 싫어한다며. 걔 죽었으면 좋겠다고 했다며. 리아가 그러던데."

순간 눈앞이 흔들렸다. 그런 적이 있었던가. 없었다고 단언할 수 없는 것을 보면, 아마 그랬을 것이다. 여느 연년 생들처럼 우리도 미친 듯이 싸우던 때가 있었다. 대부분 유년기의 기억이다. 드물게 경아가 대들고 덤빌 때도 있었지만 거의 항상 내가 소리를 지르고 경아는 울기만 했다. 너 같은 동생 필요 없다고, 죽어버리라고, 아마도 나는 말한 적이 있겠지. 어쩌면 한 번도 아니고 여러 번 그랬을지도 모르지. 내가 기억하지 못하는 말을 경아는 그렇게도 오래 품고 있다가 이준서에게 말했나. 정말로 자기를 죽여버릴 남자에게, 그런 말을 할 수밖에 없었나.

다시 한 번 시야가 크게 뒤집히는 느낌이 났다. 이번에는 느낌이 아니었다. 나는 이준서가 그랬던 것처럼 무방비한 자세로, 하지만 이준서와는 다르게 뒤통수를 땅으로 향한 채 넘어졌다. 나도 모르게 다리의 힘이 빠진 사이 이준서가 내 신발 끈에 손가락을 꿰어 잡아당긴 것이었다. 넘어지기 직전 깍지를 껴 뒤통수를 감싸긴 했지만 등과 엉덩이가 동시에 바닥에 닿아 무척 아팠다. 이준서가 일어났다. 신발 끈에 손가락을 꿴 그대로 일어나서 잠깐 발목이 끊어지는 듯 아프더니 운동화가 홀렁 벗겨졌다. 하긴 발목과 발의 연결이 신발과 발의 연결보다는 견고할 테니까. 와중에 나는 그런 생각을 했다.

"할 말 다 했지? 이제 동생한테 가도 불만 없지?"

이준서가 주먹을 높이 드는 모습이 슬로모션처럼 보였다. 나는 목뒤로 깍지 낀 두 손을 힘껏 당겨 몸을 웅크렸다. 취한 이준서는 주먹으로, 내 운동화로 나를 쉴 틈 없이 두들겨 팼다. 일방적으로 맞는 것이 괴롭기도 했지만 얼굴, 얼굴만은 다치면 안 돼, 곧 면접이니까 하는 생각이 들어 단단히 몸을 말았다. 문득 핑거보드 생각이 났다. 생김새는 가물가물한 것이 영 떠오르지 않았지만 내가 책상을 밀어 걔가 허공에 아주 잠깐 떴을 때 지었던 표정은 왠지 잊을 수 없었다. 생김새는 잊고 표정만 기억한다는 것은 이상한 일이지만 어쩐지 그랬다. 나는 그런 표정을 짓고 있는 이준서의 얼굴을 상상할 수 있었다.

나는 엎드린 자세로 이준서의 무릎을 향해 기었다. 눈

을 제대로 뜰 수 없었지만 내게 마구 쏟아지는 양손의 각도
와 위치로 다리가 어디 있는지 대략 파악할 수 있었다. 타
이밍을 재느라 조금 더 맞아주다가 최대한 잽싸게 이준서
의 무릎을 껴안고 다리에, 내 디딤 발에 힘을 주었다. 이준
서 체격의 멀쩡한 남자라면 통하지 않았을지도 모르지만
이준서는 혼자 내버려둬도 똑바로 서 있기 힘들 만큼 취한
상태였다. 이준서는 엉덩방아를 찧고 뒤로 나동그라졌다.
나는 벌떡 일어나 찻길을 향해 달렸다. 길가에 서 있던 단
한 대뿐인 차가 상향등을 번쩍 올렸다.

  나는 그대로 길을 건넜다. 그런 다음 이준서가 제대로
나를 따라오고 있는지 확인하려고 돌아섰다. 이준서는 생
각보다 빨랐다. 몸싸움을 벌이는 사이 취기가 조금 떨쳐진
모양이었다. 밤이고 아직 거리가 멀어 어떤 표정인지는 잘
알아볼 수 없었지만 두 눈의 흰자위는 똑똑히 보였다. 가슴
이 징그러울 만큼 크게 뛰었다. 진정하려 애쓰며 10부터 카
운트다운을 시작했다. 4를 셌을 때 이준서가 보도블록 턱
끝에서 튀어나왔다. 그 순간 익명의 차도 출발했다. 분명
차는 무서운 속도를 냈고 이준서가 거기 부딪치는 데에는
몇 초 걸리지 않았지만 그 사건이 엄청나게 천천히 이루어
지는 듯한 착각이 들었다.

굉음 직후 이준서가 멀리 나가떨어졌다.

나는 길 건너인 그대로, 익명의 차에서 거리를 유지하려 애쓰며 이준서가 떨어진 곳을 확인하러 갔다. 살아 있을지도 모른다고 생각해서였다. 이준서가 꿈틀거리는 것처럼 느껴지는 것이 실제인지, 어두움이 일으킨 눈의 착각인지 구분하기 힘들었다. 익명의 차는 천천히 앞으로 움직였다. 상향등 불빛이 거꾸러져 있는 이준서의 머리 근처에 퍼진 피 웅덩이를 비췄다. 그제야 눈이 오고 있는 것을 의식했다. 언제부터 내렸는지 알 수 없었다. 아직 길에 쌓이지 않은 것으로 미루어 눈이 내리기 시작한 지 얼마 되지 않았다는 것만 짐작할 수 있었다. 상향등 불빛 앞을 지나친 성긴 눈발이 이준서의 피 웅덩이로 뛰어들었다.

이 순간이 오면 나는 기쁠지, 허탈할지 같은 것을 꽤 자주 상상했지만 막상 그때를 지금으로 만들고 보니 감정이 딱히 느껴지지 않았다. 그저 온몸이 떨렸다. 익명은 다시 후진해서 나와 운전석이 수평을 이루는 위치에 차를 세웠다. 시동을 끄지 않은 채였다. 창문이 내려갔다. 익명은 나를 보고 있지 않았다. 내가 자기를 보게 하고 있는 것이었다.

나는 돌아서서 걸었다. 행여라도, 무심코라도 돌아보지 않으려고 엄청나게 애를 써가면서, 내가 뭔가를 애쓰고 있다는 사실을 누구도 눈치채지 못하기를 바라면서 걸었다.

정확한 길도 모르면서 무작정 걷다 보니 지하철역이 나왔다. 사람이 무척 많았다. 나는 오늘이 금요일이라는 사실을 곧 기억해냈다. 지하철이 아직 끊기지 않았다.

마리아

새벽에 그 동네로 갔을 때, 그러니까 사전 답사를 했을 때, 익명과 나는 꼬박 세 시간 넘게 대화를 나눴다. 익명은 내가 직접 이준서 앞에 모습을 보이고 미끼 역할을 하는 점에는 회의적이었지만 이준서를 차로 치어 죽인다는 아이디어는 괜찮게 여기는 것 같았다. 살인죄로 감옥에 가는 것에 비하면 당분간 운전을 못 하게 되는 쪽이 훨씬 낫겠지. 아닌가, 요양원 차량을 자기 차처럼 끌고 다니는 걸 보면 원래 주로 하는 일도 운전 쪽인 것 같은데 생계에 지장은 없으려나. 그래도 그보다 나은 수는 뾰족이 떠오르지 않았다. 그냥 두면 백주대낮 광장 한복판에서 칼을 휘둘러서라도 이준서를 죽이고 말 사람이니, 그보다는 나은 방법이 있다는 것을 알려줘야 했다.

문제는 동선이었다.

"만에 하나 경찰이 왜 그 시간에 그런 곳에 있었느냐고 물으면 어쩌실 거예요."

"수아 씨는 내비 기록 같은 게 걱정되는 모양인데,"

익명은 잠깐 턱을 쓸더니 천천히 말을 이었다.

"저는 서울 안팎을 꽤 많이 왔다 갔다 하는 편입니다. 자원봉사자들을 집까지 태워다주기도 하고, 늦은 시간에 긴급 입소를 청하는 곳도 종종 있어서요. 입소 신청했다가 취소한 쪽이 있다는 기록 정도는 제 권한으로 만들 수도 있고 삭제할 수도 있습니다."

나는 익명의 대답이 마음에 들었다. 차량 블랙박스로 동승자를 확인하기는 어렵다는 점을 감안해서도 그 정도 알리바이는 만들 수 있을 것 같았다.

"아니면 뭐, 저녁에 애플 스토어라도 갔다 오지요. 서울에 하나밖에 없죠?"

그것도 나쁘지 않은 농담이었다. 불현듯 경아가 왜 이 사람을 마음에 들어 하고 따랐는지 알 것 같은 느낌이 들었다. 아주 선한 사람은 아니지만 충실하고 진지했다. 말재간에 자신이 없어서 그런지 가끔 입을 다무는 순간이 오히려 묘한 안정감을 주었다. 자기 말은 무척 경제적인 방식으로 하고 남의 이야기를 잘 들어주는 편인데 입은 무거운 점이

특히 신뢰할 만했다. 기저귀 손빨래 같은 것을 함께 하면서 익명에게 종알종알 제 얘기를 털어놓는 경아를 어렵지 않게 상상할 수 있었다. 그렇지만 자기 이야기를 한참 들어주던 이 사람이, 어느 순간부터인가 자기에게 무섭도록 집착하기 시작했다는 것을 경아는 알고 있었을까. 알아야 했을까. 모른 채로 떠나서 다행이었을까. 씁쓸하고 착잡했다.

"교회 다니세요?"

노량진으로 가는 길에 나는 불쑥 물었다. 적절한 스몰 토크의 주제로 들리기를 바라면서.

"같은 뜻이라도 예수 믿냐는 말을 선호하는 편입니다."

긍정의 의미로 느껴졌다. 나는 줄곧 하던 생각 하나를 털어놓고 싶었다.

"저는 교회를 중학교 때까지만 다녔는데요. 교회에 안 나가게 된 다음에도 그게 늘 궁금했어요. 마리아, 마르타 이야기 아시죠."

"압니다."

"아저씨가 전에 경아는 마리아 같은 애라고 했었고."

"마리아는 흔한 이름이었습니다. 예수도 그랬고요. 예수의 어머니도 마리아, 예수의 발을 씻겨준 여자도 마리아. 향유의 마리아는 마르다의 동생이 맞지만."

마리아

"네, 어쨌든 제가 말하는 마리아는 마르타의 동생 마리아인데요. 예수님이 마리아의 편을 들고 그때까지 부엌일 하느라 바빴던 마르타를 오히려 나무라잖아요."

익명은 음, 하는 소리를 냈다.

"마르타가 못 할 말을 한 것도 아니고 마리아한테 창피를 주려고 한 것도 아닌데 예수님이 심했다는 생각을 지울 수가 없어서요. 예수는 평등을 중요하게 생각하지 않았나요? 일관성이 없었다는 생각이 들어요. 그 일만 생각하면."

익명은 잠깐 동안 말이 없었다. 나로서도 하고 싶은 말은 다한 셈이었다. 조금 후에 익명이 입을 열었다.

"예수께서 마르다를 마리아와 마찬가지로 귀하게 생각하셨다는 증거는 신약 곳곳에 있습니다. 다만 그날, 마르다를 나무라신 것처럼 보였던 날에는 마르다가 아니라 다른 사람들을 의식해서 그런 말씀을 하셨을 겁니다. 예수께는 늘 따르는 제자들이 있었고, 그 일화의 기록자인 누가라는 제자도 그 자리에 있었죠."

나는 창밖으로 스쳐 가는 가로등들을 바라보며 익명의 이야기가 이어지기를 기다렸다.

"당시 문화에서 여자가 남자들처럼 가르침을 받는 것은 금기 사항 중 하나였습니다. 여자는 정식으로 글을 배울 수 없었던 조선 시대와 다를 게 없었다고 보시면 됩니다. 그런데 마리아는 예수의 제자들과 마찬가지로 예수의 발치에 앉아 가르침을 듣고 있었단 말입니다. 그걸 보기 거슬려 한 쪽은 언니 마르다였을까요, 제자들을 비롯한 다른 남자들이었을까요?"

선뜻 대답할 수 없었다.

"마르다는 아마도 남자들의 눈총을 받는 마리아가 안쓰럽고 불안해서 부엌으로 피하게 하고 싶었겠지요. 예수님이 하신 말씀은 언뜻 마르다를 나무란 것처럼 보이지만, 어떨까요. 이런 관점에서 보면, 마르다를 안심시킬 만한 말씀이죠. 마르다, 너의 일도 귀하지만 마리아가 남자들과 마찬가지로 가르침을 받는 일은 아주 좋은 것이다. 누구도 이일을 방해해서는 안 된다. 그 자리에서 마리아를 노려보았을 남자들 누구라도."

"하지만 성경에 그렇게 써 있지는 않았잖아요."

"그 일을 기록한 누가라는 사람도 남자였으니까요."

할 말이 없었다. 좋은 이야기였지만 여태 믿어오던 것이 너무 쉽게 뒤집혀버리는 것 같아서 혼란스러웠다.

"예수는 마리아와 마르다를 차별하지 않았습니다. 마리아를 다른 제자들처럼, 또는 그 이상으로 귀하게 여긴 것도 사실이지만 마르다는 하찮은 여자, 마리아는 특별한 여자라고 생각하지 않았다는 겁니다. 마리아와 마르다의 오빠 나사로가 죽었을 때 제일 먼저 예수께 그것을 고하고 살려달라 간청한 것은 마리아가 아니라 마르다였죠. 그 앞에서 예수는 신약을 통틀어 가장 핵심적이라고 해도 무방할 말씀을 하시고요. 나는 부활이며 생명이다. 나를 믿느냐. 그러자 마르다는 그 유명한 베드로의 신앙 고백에 버금가는 말로 답합니다. 당신이 바로 그리스도이고 하나님의 아들인 것을 믿는다고."

나는 딱 한 마디만 했다.

"혹시 전공이 신학인가요?"

익명은 웃었다.

대화는 그것으로 끝났다. 노량진역에서 내려 고시텔로 가는 야트막한 오르막길을 걷는 동안 내가 마르타고 경아가 마리아라고 생각했던 날들을 떠올렸다. 마리아는 흔한 이름이었다는 익명의 이야기에 대해서도 생각했다. 성경에 기록되지 않은 마리아도 엄청나게 많았을 것이다. 그중에는 나쁜 마리아도 얼마든지 있었을 것이다. 익명의 이야기 속에서 나는 마르타도 될 수 없었다. 나로 말하자면 신앙은 고사하고, 사람에 대한 믿음조차 거의 없으니까. 그럼에도 불구하고 나는 마르타였다. 경아가 마리아라면 나는 마르타가 되어야 했다.

그다지도 그 애를 사랑했다.

평가

주말 동안 적어도 백 번쯤은 차해경이라는 이름을 검색했다. 스터디 중간에도 핸드폰을 보고 있다가 스터디 멤버들한테 지적을 받았다. 최대한 담담하려 했지만 수시로 손발이 떨렸다. 너무 떨릴 때는 화장실에 가서 100에서 0까지 거꾸로 셌다.

노량진으로 돌아오는 길에 무심코 지하철을 탄 게 너무 불안했다. 빨리 이 자리를 떠야겠다는 생각, 지하철이 끊기기도 전에 큰일 하나를 해치웠다는 생각을 하면서 나도 모르게 역으로 내려갔고 화장실에 들를 생각도 못 하고 일단 지하철에 탔다. 사람이 꽤 많아서 내 행색은 아주 가까이에 있던 몇몇의 눈길밖에 끌지 않았지만 그것도 충분히 위험하게 느껴졌다. 나는 신발 한 짝을 잃어버린 채였고 잃어버린 그 신발로 얻어맞은 바람에 꼴이 엉망이었다. 환승역 화장실에서 화급히 매무새를 다듬었지만 맨발 하나는 감출 도리가 없었다.

노량진에 도착해서도 한동안 멍하니 서 있었다. 시리고 얼얼한, 감각이 반쯤 마비된 한쪽 발을 어쩌면 좋을지 떠오르지 않았다. 느닷없이 예전에 본 기출문제 지문이 떠올랐다. 냉동고에 갇힌 소년이 어떻게 살아남았는지를 인터뷰한 기사 형식의 지문이었다. 톰이라는 소년은 그것이 아주 나쁜 장난이라고 생각했지만 그가 죽을 가능성은 장난이 아니었고, 그래서 톰은 그 일이 누구의 악의에서 비롯되었는지 생각하는 대신 살아남기 위해 애써야 했다. 톰은 잠들지 않기 위해 달렸다. 쉬지 않고 달려서 다리근육이 비명을 지르도록 만들었다. 다리가 타오르는 듯한 느낌이 들었지만 바로 그 타오르는 근육 덕분에 생존할 수 있었다.

나는 한쪽 신발을 마저 벗어 들고 뛰었다. 역에서는 고시텔보다 언니가 사는 오피스텔이 더 가까웠다. 그래서 그리로 갔다.

초인종을 누르고 숨을 고르는 사이 안에서 우당탕 소리가 났다. 벌컥 문을 열고 나온 언니는 목이 늘어난 반팔 티셔츠를 입고 있었다. 그것을 의식했는지 언니 얼굴이 빨개졌고 나 역시 내 꼴이 부끄러워져서 고개를 숙였다. 언니는 목을 한 번 가다듬고 말했다.

"오늘 예쁘네."

"그따위 농담하지 말아요."

"내가 너하고 농담이나 따먹자고 빌어먹을 석사까지 딴 줄 아냐."

그날은 언니네 집에서 잤다. 아침에 언니가 새 운동화를 한 켤레 사 왔다. 슬리퍼를 빌려달라고나 해볼 생각이었고 사이즈를 알려준 것도 아니어서 놀랐다. 언니가 아침으로 사 온 샌드위치를 먹었다. 아침 먹고 다시 잠든 언니를 두고 밖으로 나왔다. 남은 일이 아직 많았다.

차해경의 사망 기사는 월요일 오전에 떴다. 전 교육감 후보였던 누구누구의 아들, 배우 차해경(본명 이준서)의 안타까운 사고, 라는 식이었다. 댓글은 거의 달리지 않았다. 포털사이트 메인에 뜬 뉴스도 아니었다. 차해경의 이름을 굳이 검색해야만 볼 수 있는 기사였다. 이준서는, 차해경은, 죽는 순간은 물론이고 죽고 나서도 주인공이 되지 못했다.

제일 상세히 쓰인 기사를 대략 요약하면 사고를 낸 사람, 그러니까 익명은 그 자리에서 바로 신고를 했고 차해경의 유족은 그의 딱한 사정을 감안해 적극적으로 합의에 나섰다고 한다. 익명이 딱한 사람이었나, 글쎄, 그렇게 생각하는 일에 죄의식이 들지 않는 것은 아니지만, 이용할 수 있는 것을 최대한 이용했다고 보아야겠지. 그에 대한 가치판단은 내 몫이 아니었다.

노파심에 래퍼의 SNS 계정도 염탐했다. 흑백 꽃다발 사진 하나에 짧은 추모사를 곁들인 글 하나가 정오 직전에 올라왔다. 글의 형식이나 뉘앙스에서 래퍼가 이준서 생일 파티에 대한 언급을 피하고 있음이 드러났다. 직감적으로 이준서의 부모가 합의에 적극적인 이유도 파악할 수 있었다. 사고를 낸 사람은 의식이 멀쩡했지만 갑자기 차도로 뛰어든 이준서는 체내에 환각성 물질이 잔뜩 있었을 테니까. 억울한 죽음이었다고 주장해봤자 그쪽 손해라는 계산이 딱 나왔겠지.

생일을 축하하려고 모였던 오륙십 명 남짓 되는 친구들이 이준서의 장례식에도 빠짐없이 조문을 갔을지 문득 궁금해졌다. 나라면 그러지 못할 것 같다는 생각이 들었다. 머리가 아주 나쁘지 않은 다음에야, 차해경 약물 파티와 자신의 연관성을 어떻게든 지우려 애를 쓰겠지. 고마워. 다들 쓰레기라서 정말 도움이 됐어. 그렇게 외치고 싶은 마음이 들었다. 진심이었다.

큰맘 먹고 점심으로 1만 2000원짜리 정식을 먹었다. 마인드컨트롤이라면 이미 어느 정도 끝난 것 같았다. 식체라도 들어서 몸의 컨디션을 망치면 큰일이라, 점심을 다소 호화롭게 먹고 저녁은 간단하게 때워야겠다는 판단을 세운 것이었다. 20분 타이머를 두고 스터디 멤버들이 공유해준 수업지도안을 바탕으로 구상과 실연 연습을 두어 번 했다. 다른 사람의 학습 계획을 놓고 연습하는 것이 뜻밖에도 꽤 도움이 되는 듯해 더 진작 해볼 걸 그랬다는 생각이 들었다.

잠을 잘 자려면 운동을 좀 해두는 게 좋겠지만 잠들기 직전 심장에 자극을 주면 도리어 잠이 안 올 것 같아서 해가 떠 있는 동안에 산책을 했다. 트레드밀 위가 아니라 해가 있는 바깥을 오로지 걷기 위해 걷는 것이 꽤 오랜만이라는 생각에 기분이 묘했다.

계획대로 저녁을 간단하게 먹고 방으로 돌아와서는 1차 때 쓰던 단권화 노트를 보았다. 공부를 하기 위함이 아니라 내가 이토록 노력했다는 사실을 되새기기 위한 일이었다. 드라이클리닝을 마친 코트와 정장 재킷과 바지와 연푸른색 셔츠와 구두를 꺼내 잘 보이는 곳에 두고 자리에 누웠다.

도무지 잘못될 것 같지가 않았다.

미용실 예약은 새벽 6시 반으로 되어 있었다. 씻고 옷 입고 핸드폰을 꺼서 서랍에 넣어두고 빠뜨린 물건이 없는지 마지막으로 체크해보았다. 24시 분식집에서 김밥 한 줄을 사서 먹으며 미용실로 갔다. 갓 싼 김밥이 따끈따끈했다.

예약 시간 10분 전이었는데 나 말고도 손님이 두엇 더 있었다. 가운을 입고 자리에 앉자 이상한 기분이 들었다. 이렇게 밝은 곳에서 이토록 적나라한 내 얼굴을 마주 보는 일이 적어도 최근 1년간은 없었다는 생각이 들었다. 내가 알던 것보다 더 경아와 많이 닮은 얼굴이었다. 전혀 예쁘게 느껴지지는 않는데도 그랬다.

"머리는 어떻게 할까요?"

나는 주머니에 넣어 온 머리망을 떠올렸다. 카페 알바 할 때부터 쓰던 것이었다. 수업 실연과 면접 평가에서 긴 머리는 머리망에 넣는 게 좋다는 이야기를 듣고 쭉 갖고 있었다. 직원의 의도 역시 머리망 가져왔다는 대답을 유도하려는 것으로 짐작되었다.

"잘라주세요."

"네?"

"단발로 해주세요."

즉흥적인 판단이었지만 그럼직한 일이었다. 기사를 보

고 마음이 놓이긴 했지만 경찰이 익명 차의 블랙박스를 제대로 보았다면 이준서가 차 앞에 뛰어들기 전 어떤 여자가 먼저 지나갔다는 것을 알 것이다. 빠르게 지나가서 긴 머리에 파란 옷을 입었다는 것 말고는 특징을 짚기 어려운 여자. 머리는 언제든, 그러니까 사후에도 충분히 자를 수 있지만, 일단 큰 특징 하나를 삭제하면 일차적인 의혹 정도는 충분히 피할 수 있을 거라는 생각이 들었다.

물론 그보다는 애매하게 경아를 닮은 인상을 어떻게든 바꾸고 싶다는 생각이 훨씬 진했다.

"그럼 머리 먼저 해드릴게요."

다른 직원이 와서 내 몸에 커트보를 얹었다. 분무기 물을 맞고 있자니 머리통이 머리카락을 기르는 화분처럼 느껴졌다. 이윽고 총 길이의 반이 좀 넘는 머리카락이 잘려 바닥에 툭 떨어졌다. 한쪽 목덜미가 시원하고 가벼워졌다. 겨우 머리를 자른 것뿐인데도 그랬다.

머리를 자르고 드라이를 하고 전문가의 손으로 메이크업을 마친 내 모습이 하나도 나 같지가 않아서 좋았다. 경아 같은 느낌은 더더욱 들지 않았다. 기분 좋게 계산을 하고 내일도 잘 부탁한다고 인사한 뒤 택시를 탔다.

입실 마감 20분 전에 시험장 학교 앞에 닿았다. 도착 직전 출근 러시아워에 걸려 길이 조금 막힌 탓이었다. 학교 앞 편의점에서 두 개들이 바나나와 두유 한 팩을 샀다. 점심 도시락 대용이었다.

입실 후 수험 번호가 부착된 자리에 착석해 마음을 가다듬었다. 지각자가 적었지만 아예 없지는 않았다. 평가 순서 추첨이 시작되었다. 꽤 빠른 번호였다. 끝나고 차분히 다음 날 면접 준비를 할 수 있을 것 같았다.

곧 1교시 시험이 시작되었다. 20분 타이머를 머릿속으로 돌리며 침착하게 구상하고 여유롭게 작성하고 꼼꼼하게 검토했다. 시간이 조금 남아서 작성한 지도안을 암기하기 시작했다. 5분 남짓한 시간 내에 완벽하게 암기할 수 있다 믿을 만큼 내 지능을 과대평가하지는 않았지만 두 번 쓰고 여러 번 반복해 읽은 것을 잊어버리는 쪽이 오히려 무리로 느껴졌다.

10시 반부터 점심시간이 시작되었다. 바나나를 아주 천천히, 한 입씩 베어 거의 녹여서 혀에 흡수시키다시피 먹으면서 1교시에 작성한 지도안 내용을 복기했다. 바나나의 성분과 함께 그것들이 완전히 나의 몸에 달라붙는 이미지를 그리면서. 누가 유심히 보기라도 하면 저 사람 치아가 안 좋나 보다 생각할 만큼이나 천천히.

최상의 컨디션이었다. 몸은 깃털처럼 가벼웠고 머리도 더할 나위 없이 맑았다.

구상실로 이동해 1교시 답안을 인계받고 지도안을 확인할 때는 쾌감마저 느꼈다. 절호였다. 수업 실연의 이미지도 어렵지 않게 그릴 수 있었다. 마지막 이틀간의 주말 스터디에서 했던 연습 때도, 비록 다른 사람 실연에 집중하지 못한다는 피드백도 있었지만, 수아 님은 어쩜 하나도 안 떨고 그렇게 잘하냐고 다들 감탄했다. 열심히 준비한 것을 준비한 만큼 보여주는 일이 떨릴 이유가 없었다. 초시계를 든 감독관 앞에서 수업 실연 구상을 끝냈다. 심호흡을 하며 감독관을 따라 평가실로 이동했다.

문을 열고 들어가서 배에 힘을 주고 오전에 추첨한 번호를 또박또박 부른 뒤 칠판 앞으로 걸어갔다.

순간 눈앞이, 말 그대로, 하얗게 바랬다. 정확히 어떤 상황인지 머리로 깨닫기 전에 몸이 먼저 반응한 것이었다. 앞에 앉은 수업 실연 평가관 셋 중 한 사람의 얼굴이 너무 낯익었다. 이준서의 모친이었다.

내가 지금 어떤 표정을 짓고 있지?

진땀이 흐르는 듯한 느낌이 들었지만 얼굴에 함부로 손을 갖다 대면 뭔가 실수가 있다고 여길 것 같았다. 이준서의 모친이 어떻게 여기에 있지? 교육감 선거로 당시 맡고 있던 직무는 다 사임한 것 아니었나? 일선 교사가 아니어도 평가관이 될 수 있던가? 확실히 평가원 홈페이지에서 본 바로는 현직 교사여야 한다는 조건이 없었던 기억이 어렴풋이 났다. 하지만, 그렇지만⋯⋯.

"시작하세요."

답답했는지 가운데에 앉아 있던 평가관이 말했다. 몇 초를 허비했는지 알 수 없었다. 이미 큰 실수를 저지른 것 같다는 생각에 쉽게 입이 떨어지지 않았다. 수업 실연을 제대로 하는 데에 집중해야 할지 이준서의 모친을 의식하는 티를 내지 않는 데에 최선을 다해야 할지 헷갈렸다. 어느쪽이 됐든 더는 망설일 시간이 없었다.

"Hello, everyone. Welcome to this class. Today, we'll talk about some verbs like⋯⋯."

목소리의 피치가 연습 때보다 훨씬 올라간 것 같아서 신경이 쓰이고 목이 탔다. 두유를 한 팩밖에 사지 않은 게 잘못이었을까, 두유 대신 생수를 샀어야 했을까. 억지웃음을 짓느라 볼이 경련하는 듯한 느낌이 들었다. 그래도 말이 끊이지 않고 나왔다.

"Can anyone answer this question? 경아?"

거기서 2차 패닉이 왔다. 내가 지금 경아라고 했나? 민주, 주희, 경호, 다솜, 영재, 준형, 연습할 때 쓰던 이런 이름들은 다 어디로 가고?

"Well done, great job. As you know, there are many other expressions like 'put something on', also we call those……."

나는 칠판을 활용하기 시작했다. 가상의 학생들과 오래 눈을 맞추는 게 중요해서 완전히 몸을 돌릴 수는 없었지만 이준서 모친을 마주 볼 필요가 없는 시간이 잠깐 주어지니 머리가 조금 깨이는 것 같았다. 초반에 이미 실수를 많이 한 것 같아 신경이 쓰였지만 그 정도는 긴장에서 비롯된 것으로 해석될 여지가 충분했다.

"Okay? Let's start with an easy one."

구상하고 암기한 학습지도안 내용을 다 소화하고도 시간이 남았다. 조금 당황스러웠지만 시간 내에 끝내는 것이 그 반대보다 훨씬 낫다는 이야기를 임고 카페에서 본 기억이 났다. 평가관 하나가 손목시계를 보는 사이, 그러니까 내게 나가도 좋다는 말을 하기 전에, 입을 열었다. 100퍼센트 애드리브였다.

"Here's the last thing. All of you, I'm pretty sure the

whole class will like this expression."

나는 칠판에 Put oneself in one's shoes라고 썼다.

"Can anyone tell me what this expression means? Are there volunteers?"

침을 한 번 삼키고 말을 이었다.

"Excellent, 미주. As you know, this is equivalent to the four character idiom, 역지사지!"

나보다 발이 작은 사람의 신발을 신으면 발이 아프다. 나보다 발이 큰 사람이 내 신발을 신어도 역시 그렇다. 내 신발을 벗고 남의 신발을 신어보는 것처럼, 내 입장을 벗어나 남의 입장에 나를 놓아보는 것.

"That's all for today's class. Make sure to remember what you learned today. Thank you. Bye."

묵례하고 문을 나오자마자 다리가 풀려 주저앉았다. 허둥대며 겉옷과 옷가지를 찾아 품에 안고 시험장을 떠났다. 평가실에 들어가기 전만 해도 추웠는데 나와보니 등허리가 축축했다. 이변이 없는 이상 다음 날 면접 때에도 그 여자와 이야기해야 한다는 것을 떠올리니 도망치고 싶은 마음이 들었다.

신

지하철 환승을 두 번 하고 버스를 20분 정도 더 탔다.
정류장에서도 10분 정도 더 걸어야 목적지였다. 말이 10분
이지, 한여름에 그늘도 없는 도로 위를 걷는 건 버티기 힘
든 일이었다. 지도 앱에는 상호가 나오지도 않는 구멍가게
에서 얼음물을 팔고 있었다. 반쯤 녹은 물을 쭉 들이켜고
마저 걸었다. 이 길을 경아는 고등학교 때부터 매주 오간
걸까. 둘 중에서는 내가 독종 취급을 받곤 했지만 융통성이
없는 경아야말로 독한 애라는 게 내 생각이었다.

"실례합니다. 봉사활동 하러 왔는데요."

요양원 부지는 작은 교회 건물과 허리가 기다란 디귿
자 모양 요양 시설로 이루어져 있었다. 오는 길 중간부터
는 아스팔트포장이 끊긴 흙길이었지만 부지 내는 휠체어
가 다니기 쉽도록 평평하게 다져둔 것 같았다. 요양 시설의

새시 문을 조심스레 열고 들어갔다. 입구 근처에는 아무도 없었다. 벽에 요양 시설 등록증이며 이런저런 증서가 걸려 있었고, 근무자 인적 사항이 사진과 함께 기재된 표서도 보였다. 나는 거기서 익명의 얼굴을 찾아냈다. 간사 ― 윤명환 전도사.

"이런 인간이 전도사라니 세상이 어찌 되려고."

"원래 아는 분이야?"

"아뇨, 혼잣말이에요."

신발을 벗어 신발장에 두고 안에 들어갔다.

"얘는 지도 처음 왔다면서 뭐 많이 왔다 간 사람처럼 굴어."

언니는 투덜거리면서 나를 따라 들어왔다.

"아무도 안 계세요? 봉사활동 하러 왔는데요."

나는 말끝을 길게 늘이며 목소리를 높였다. 주방으로 추정되는 곳에서 나오는 익명, 간사, 윤명환 전도사가 보였다. 윤명환은 나를 알아보고 주춤하는 기색을 보였다.

"처음 뵙겠습니다. 임수아라고 합니다. 봉사활동 하러 왔는데요."

웃으면서 인사하자 윤명환도 어색하게 웃으며 답했다.

"네, 안녕하세요. 잘 오셨어요."

언니는 청소를 맡고 나는 간식 준비를 맡기로 했다. 언니는 내가 훨씬 쉬운 일을 맡은 거 아니냐며 또 투덜거렸지만 대략 30인분의 과일을 한입 크기로 썰어내는 일은 그리 작은 일이 아니었다. 윤명환은 잠시 자리를 비웠다가 내가 있는 주방으로 돌아왔다.

"오랜만입니다."

"그런 말 마세요. 누가 들으면 어쩌려고요."

윤명환은 픽 웃었다.

"시험은 잘 봤습니까."

"발령 대기 중이에요."

윤명환은 잠시 머뭇거리더니 축하한다고 말했다.

"또 무섭다고 하려고 그랬죠."

"그렇네요. 무섭네요. 그 와중에 시험에 다 붙고."

"전도사님은 어떻게 지내세요. 운전 못 하죠 이제?"

"못 하죠."

그런 이야기를 하면서 웃을 수 있는 것은 윤명환, 익명과 나, 둘뿐이었다. 한동안 서걱서걱 참외 깎고 써는 소리만 이어졌다. 윤명환은 참외를 엄청나게 잘 깎았다. 윤명환의 과일 깎는 속도와 솜씨를 의식하다가 문득 그가 장갑을 벗고 있는 건 처음 본다는 사실을 깨달았다. 그렇지만 그런 생각은 하면 안 될 것 같았다. 오히려 나는 윤명환이 장갑을 끼고 있는 것을 본 적이 없어야 했다. 그런 생각에 빠져 있던 참에 불쑥 윤명환 목소리가 들려서 예? 하면서 고개를 들었다.

"절반은 씨를 발라야 한다고요. 노인분들은 장이 좋지 않으셔서."

"아, 예."

다시 서걱서걱. 윤명환은 한참 만에 다시 입을 열었다.

"무섭지는 않나요? 수아 씨는."

"무섭죠. 꿈도 꿔요."

주로 꾸는 꿈은 면접 꿈이었다. 면접에 나타난 이준서의 모친은 왜 내 아들을 죽였죠? 하고 묻는다. 나는 침착하고 당당한 태도를 유지하려 애쓰며, 그쪽 아들이 내 동생을 죽였기 때문이라는 내용을 내가 작성한 교수 학습지도안과 연결 지어 말하려다 자가당착에 빠진다. 이준서의 모친은 거 봐, 대답 못 하잖아 하며 어디서 흉기를 꺼내가지고 내게 다가온다.

"저도 그렇습니다."

윤명환의 꿈의 내용은 궁금하지 않았다. 그가 나와 비슷한 불안을 느낀다는 것은 잘 알 수 있었지만, 어차피 비숫하니까 나의 불안에 대해서만 이야기하고 싶었다. 윤명환은 꿈의 내용까지 말하려 들지는 않았다.

꿈과 그 꿈에 영향을 미치는 불안과는 별개로 실제 면접에서 이준서의 모친은 내게 아주 호의적이었다. 두 개뿐인 추가 질문을 멋대로 소비해 순간적인 기지로 '역지사지'를 가르친 나의 센스를 칭찬했다. 나는 내가 그때 'Put oneself in one's shoes'라는 관용어구를 떠올리고 활용한 의도를 다른 누구도 아닌 이준서의 모친에게 설명해야 한다는 사실에 큰 곤혹을 느꼈지만, 그 질의응답의 난이도는 이후 꾸게 될 꿈들에 비하면 어린애 장난만도 못한 것이었다.

"계속 이렇게 살아야겠죠."

"네. 아마도."

나는 윤명환이 나만큼, 또는 나 이상으로 괴로워하면서도 후회는 하지 않는다는 확신을 얻었다. 나 역시 그랬다. 시간을 돌려 똑같은 일을 하거나 하지 않을 선택의 권리가 주어진다면 나는 또 그 일을 하고 말 것이다. 남은 평생 언젠가는 들킬지도 모른다는, 끝내는 죗값을 치러야 하리라는 불안감을 안고 살아야 한다고 하더라도.

"청소 끝났는데용."

언니가 주방 안으로 고개를 쏙 내밀었다. 안 하던 귀여운 척을 하는 걸 보면 뭔가 불만이 있는 것 같았다. 설마 윤명환이 내게 치근거리고 있다고 생각하는 건 아니겠지. 정말 언니가 그렇게 느끼고 있다면 황당한 오해라고 해야겠지만, 그 말고는 달리 생각나는 점도 없었다.

방마다 참외를 돌리고 우리끼리도 참외를 나누어 먹었다.

"전도사님, 사실 제 동생이 이 요양원에 자주 봉사활동을 왔는데요."

윤명환은 내 눈치를 살짝 보너니 내 쇼에 장단을 맞췄다.

"이름이……?"

"임리아예요."

"아, 임리아 학생. 예전 이름은 경아였지요? 성실한 학생이죠."

윤명환의 연기는 어색했지만 언니는 눈치채지 못한 것 같았다.

"제 동생이 죽었어요."

그 말을 할 때 갑자기 눈물이 흘렀다. 그 말을 하려고, 그 말을 해서 윤명환에게 경아의 죽음이 마침내 공식적인 사건이 될 수 있게 하려고 온 것이었지만 눈물은 쇼에 포함

된 콘텐츠가 아니었다. 언니는 내 어깨를 감쌌다. 윤명환은 아무 말도 하지 않았다.

"도움이 됐는지 모르겠어요. 별일도 안 시키셔서."

두어 시간 봉사활동을 마치고 나오는 길에 내가 한 인사치레에 윤명환은 손을 내저었다.

"아닙니다. 또 오세요. 다음 주에 오시면 수박화채 해드릴게요."

윤명환의 말에 나와 언니는 서로 마주 보았다.

"저희 다음 주에 여행 가요."

짐짓 난처한 척하며 내가 말했다. 애초에 나는 또 올 생각까지는 없었다. 윤명환과 친목을 다지고 싶은 게 아니라, 나와 비슷한 죄의식을 느끼는 사람의 근황을 확인하고 싶을 뿐이었다. 조만간 또 그러고 싶은 충동이 들지도 모르지만 그건 그때 가서의 일이었다. 당장 내일이 될 수도 있고 반년 흘러서일 수도 있고, 어쩌면 평생 다시는 그러지 않을 수도 있었다.

"좀 길게 가요. 한 달……? 정확히 며칠이었더라?"

"언니가 예약해놓고 왜 나한테 물어요?"

내가 언니를 타박하자 윤명환은 웃었다.

"그래요. 잘 다녀오세요. 감사했습니다."

윤명환은 태워주지 못해서 미안하다며 버스 정류장까지 나오려 했지만 우리에겐 그게 더 부담스러웠다.

"경아 씨는 참 좋은 분을 알고 있었구나."

지하철역으로 돌아가는 버스 안에서 언니가 한 말에 조금 놀랐다. 또 어디까지 눈치채고 하는 말인지 모를 일이었다. 그렇지만, 어쨌든, 참 좋은 분이라는 평가에는 쉽게 동의할 수가 없어서 그냥 못 들은 척했다.

2차 시험 2일 차, 그러니까 면접 날로부터 최종 합격자 발표가 나기까지는 대략 2주 정도의 시간이 있었다. 그사이에 나는 많은 일을 했다. 고시텔 짐을 빼고 경아 병원 서류를 떼어 와서 사망신고를 했고 디지털 장례식, 즉 경아의 SNS 계정 정리까지 했다. 혹시 모를 노파심이 들어서 각 페이지 PDF 저장본과 캡처본을 외장 하드디스크 하나에 따로 모아두기도 했지만, 경아가 인터넷에 올린 글은 더 이상 검색 엔진에 걸리지 않도록 확실하게 처리했다.

윤명환에게 맡겼던 내 외투가 돌아온 것은 2차 면접 다음 날이었다. 보내는 사람 이름은 없었고 받는 사람 이름은 임경아로 되어 있었다. 집에 나밖에 없는 한낮이어서 다행이라고 생각했다. 엄마나 아빠가 봤다면 갑자기 뭐냐고, 무슨 택밴데 경아 이름이 쓰여 있냐고 엄청나게 추궁했겠지. 대답을 피하는 것 자체는 어렵지 않았지만 그렇게 사춘기 청소년처럼 굴어야 하는 점 자체가 피곤했다.

종종 경아 생각을 했다.

어떤 날은 내 동생, 참 착하고 예쁜 아이였지 하는 부드러운 애상감이 다였지만 어떤 날은 소리를 지르면서 울기도 했다. 이준서를 만나지 않았다면 경아가 어떤 사람이 되었을지 상상하는 날도 많았다. 몇 학기 휴학했으니 졸업은 조금 늦겠지. 본인 희망대로 대기업 신입 사원이 될 수도 있었겠고, 주변 사람들이 조금씩 기대했던 것처럼 연예인이 될 수도 있었겠지. 봉사활동을 열심히 했으니까 사회적 기업에 들어가서 관련 사업을 하는 것도 좋았겠고 동영상 채널을 열고 싶어 했던 걸 보면 인터넷 콘텐츠 크리에이터로 계속 활동했어도 어울렸을 것이다. 은근히 결혼을 빨리 하고 싶어 하는 눈치였으니 서너 해 못 되어 내게 조카를 안겨줄 수도 있었겠지. 하나 혹은 둘, 어쩌면 존나 많이 낳았을지도 모른다. 경아의 아이들에게라면 내 눈알을 하나씩 빼줘도 아깝지 않았을 것 같다. 왜 두 개밖에 없을까 아쉬워하면서도.

다 나의 착각일 수도 있다. 언젠가는 경아와 나의 사이도 돌이킬 수 없이 멀어졌을 것이다. 가령 엄마 아빠와 함께 사는 이 집, 대출금이 조금 남은 집의 상속 문제, 경제활동을 중단한 엄마와 아빠를 어느 쪽이 부양할 것인가 하는 문제 등으로 싸운 뒤 남보다 못한 사이가 되었을 가능성도 나는 상상했다. 그렇지만 중년이 된 경아를 상상하는 것은 경아가 죽어가는 모습을 상상하는 일보다도 어려웠다. 내가 주로 상상하는 것은 경아에게 소리를 지르는 내 흉한 꼴이었다. 내가 언성을 높인다고 맞받아 우악스럽게 구는 경아 같은 것은 떠올릴 수 없었다.

그만큼이나 상상하기 어려운 것은 경아의 배우자였다. 경아는 자기가 얼마나 예쁘고 괜찮은 애인지를 전혀 모르는 듯 상대를 고르는 애였다. 이준서만큼은 아니어도 그 못지않은 인간쓰레기를 또 어디서 잘도 찾아내서 내게 애인이라고 소개했을 가능성이 컸다. 이 생각을 하면 화가 났다. 왜 쓰레기 주제에 귀한 사람을 만나고 싶어 하는 걸까. 왜 경아였을까. 어차피 얼굴이 중요한 거였다면 아무나 만날 것이지. 결국 남들이 귀하게 생각하는 걸 갖고 싶으니까 경아 같은 애를 건드리는 거면서, 왜 남들처럼 귀하게 여겨주지도 않은 걸까.

이따금 경아와 메신저로 나눈 마지막 대화를 생각하기

도 했다.

윤명환은 그때 이준서가 경아에게 수면제를 먹인 것 같다고 했지만, 이준서의 행실을 생각했을 때 수면제가 아니라 훨씬 더 강도가 센 다른 약을 주입했을 가능성도 배제할수 없었다. 그렇다면 경아는 정말 자진해서 그 차에 기어들어간 게 아닐지도 모른다고, 그러니까 나는 옳은 일을 했다고 믿고 싶기도 했다. 하지만 경아는 나한테 자랑스럽다고했다. 언니가 내 언니인 걸 믿을 수가 없다고. 자기보다 먼저 태어나줘서 고맙다고 했다. 앞으로도 씩씩하게 살아달라고 했다. 그래도 언니가 너무 무리하는 것 같아서 늘 걱정이 된다고 했다. 그런 다음 핸드폰을 내려놓고 시트를 뒤로 젖혔을 것이다. 나는 경아의 말에 이렇게 대답했다. 무슨 상관이야. 너나 잘해. 다 놓더라도 이에 대한 죄의식만큼은절대 잊을 수 없었다.

합격 발표 전후로 한 달쯤은 엄마도 아빠도 엄청나게성가시게 굴었다. 초중고 학창 시절 통틀어서도 그런 관심은 받아본 바가 없었다. 말 그대로 토할 것 같았다. 앞으로는 계속 본가에 붙어 있어야 할 텐데 이 사태를 어째야 하나 전전긍긍하며 한 달을 보내고 나니 엄마도 아빠도 점점 초심으로 되돌아갔다. 나한테 그렇게 느끼하게 굴지 않던 때로.

일상은 놀랄 만큼 평온해졌다. 합격 소식을 제일 먼저 알리고 싶은 사람은 언니였다. 언니와 영화를 봤다. 자주 보러 갔다. 한 달간 신규 임용자 대상 직무 연수를 다녀온 사이 언니는 더 넓은 집을 구했다. 나는 김칫국 마시지 말라고 했지만 사실 속으로는 나도 언니와 비슷한 생각을 하고 있었다. 폼페이로 여행을 가고 싶다고 하니 언니는 바로 티켓을 알아봐 왔다. 조금 더 기다려보자고 한 쪽은 나였다. 발령 대기 상태에서 해외여행을 마음대로 다녀도 되는지 갑자기 불안해져서였다. 육아 휴직이나 사고 휴직 등으로 티오가 언제든 날 수 있었다. 5월쯤 되니 곧 방학이니 지금 잽싸게 다녀오면 되겠다는 생각이 들었다. 6월 중순 나폴리로 떠나는 항공권을 구했다. 데일리 카운트다운이라면 이골이 나 있었지만, 여행 날짜를 기다리는 데에는 시험 날까지 남은 일자를 셀 때와는 사뭇 다른 쾌감이 있었다.

그러니까 나는 거의…… 행복했다. 그 모든 일들에도 불구하고. 내가 행복하다는 사실에 치가 떨릴 때도 있었다. 굳이 그 행복을 반납하려 애쓰지는 않으면서도 그랬다.

윤명환이 일하는 요양원에 다녀온 다음 날, 누가 집 현관문을 통 치는 소리가 났다.

택밴가, 하고 나가보니 과연 작은 상자 하나가 있었다. 그런데 아무리 뒤집어봐도, 어떤 면에도 송장이 붙어 있지 않았다. 아차 싶어 복도를 두리번거렸지만 인기척은 없었다.

무서우니까 열어보지 말까, 언니한테 가져가서 뭔지 대신 봐달라 부탁할까, 이런저런 생각이 들었지만, 그 안에 얼마나 끔찍하고 무서운 것이 들어 있든 내 눈으로 직접 확인해야 할 것 같은 느낌이 들었다. 어쩌면 언니가 그런 것일수도 있지. 여행 전 서프라이즈 선물 같은 걸 두고 갔을 수도 있지. 나는 불안을 지우려고 그런 명랑한 생각을 해봤지만, 내가 아는 한 언니는 그런 식으로 선물을 할 사람이 아니었다.

박스를 열어보니 구깃구깃한 신문지가 완충재 대신 들어 있었다. 손으로 헤집자 물건이 보였다. 지퍼백으로 두 번더 싸여 있어서 첫눈에는 무엇인지 알아볼 수 없었다.

상자 안에 든 물건은 피에 젖은 운동화 한 짝이었다.

스트레스가 쌓이면 어김없이 책 읽는 꿈을 꾼다. 좀 더 어릴 때에는 꿈속 눈이 흐려서 아무리 애를 써도 어떤 문장인지 정확히 읽어낼 수가 없어 괴로웠는데, 요새는 깨어나서도 한동안은 꿈에서 읽은 문장을 생생히 기억한다. 봄에는 서가 한가운데에 서 있는 꿈을 몇 번 꿨다.

인터넷 게시물 형태로 된 꿈을 꾼 적도 있다. 본문은 한 컷짜리 만화였다. 양손을 주머니에 찔러 넣고 얼굴도 반쯤 코트 깃으로 가린 여자아이가 땅을 보며 걷고 있었다. 여자아이의 머리 위로 생각 구름이 뭉게뭉게 돋아났다.

그래, 아무것도 두려워할 필요 없어.

귀여운 그림이었다. 스크롤을 내려 댓글을 보았다.

야이 기집애야 앞을 좀 보면서 걸어;;;

그 말에 스크롤을 다시 올려보니 여자애 앞에 덤불이
그려져 있었다. 덤불 속에는 칼을 든 괴한이 있었다.

그게 왜 꿈이었는지 자꾸 생각하다 보니
이제는 아주 잊을 수 없게 되었다.

도움과 영향

김영화, 《누가복음 뒷조사》, 새물결플러스

법무법인 민심 최황선 변호사

위민온웹(https://www.womenonweb.org)

천계영, 《예쁜 남자》, 서울미디어코믹스(서울문화사)

한국교육과정평가원

호텔 프린스 문학창작집필실 '소설가의 방'

마르타의 일

© 박서련 2024

초　판 1쇄 발행 2019년 9월 25일
초　판 7쇄 발행 2022년 4월 15일
개정판 1쇄 발행 2024년 4월 22일

지은이 박서련
펴낸이 이상훈
문학팀 최해경 김다인
마케팅 김한성 조재성 박신영 김효진 김애린 오민정

펴낸곳 (주)한겨레엔 www.hanibook.co.kr
등록 2006년 1월 4일 제313-2006-00003호
주소 서울시 마포구 창전로 70(신수동) 화수목빌딩 5층
전화 02-6383-1602~3 **팩스** 02-6383-1610
대표메일 munhak@hanien.co.kr

ISBN 979-11-7213-057-2 03810

표지 일러스트 0.1